©Mathias Jansson (2013)

Tryckt hos Lulu.com

ISBN: 978-91-86915-11-7

Utgiven av:

c/o Mathias Jansson

Tvärvägen 23

232 52 Åkarp

www.janssonswebb.se

"Rövelen!"

Alfred Jarry - Kung Ubu Scen 1

meta _ i sms. efterföljande, sekundär m.m.;

sms på alfabetisk plats

absurd (-urd´ äv.u´rd) absurt -are adj.

orimlig, förnuftsvidrig -het s.-

absurd\ism (ism') ~en s. litterär riktning

(inom dramatiken) -ist ~en ~er s. -isisk ~t

adj. -itet (-e´t) ~en ~er s. till absurd

ur SAOL 11:e upplagan

3

Innehåll

PROLOGEN
ungdomsdramer 1993-2000

Dörren

(fritt efter Janos Pilinszkys dikt "Dialog")

"Släpp in mig jag har kommit,

öppna dörren, jag är här.

Vi har ingen dörr att öppna.

Ingen regel som stänger dig ute."

A: Ingen dörr? Vad kallar ni det här då!?

B: Vi har ingen dörr säger jag.

A: Inte! Så jag bara inbillar mig kanske?

B: Sluta banka för böveln! Du väcker de döda!

A: Då har ni en dörr i alla fall.

B: Vad menar du?

A: Jag bankade på dörren, om ni nu inte har någon dörr så måste ni inbilla
er lika mycket som jag att ni har en dörr!

B: Vad ni krånglar till saker och ting. Kör till då, vi har en dörr.

A: Så vad väntar ni på? Kom ner och öppna den. Jag fryser.

B: Den är inte låst!

A: Inte låst! Den går inte att rubba, fast jag trycker med alla mina krafter.

B: Den är inte låst. Kanske lite trög. Det var länge sedan den var öppen.

A: Sannerligen måste det varit länge sedan den öppnades, för jag orkar
inte rubba den en millimeter. Kom ner och hjälp mig för tusan!

B: Jag kan inte. Mina ben är gamla och svaga. Jag orkar inte gå nerför alla
trapporna.

A: För tusan bövlar! Hur ska jag då komma in?

B: Jag vet inte. Min hjärna är så gammal och trög, att jag absolut inte kan tänka ut något sätt att hjälpa dig på.

A. Men för tusan bövlar! Det är så fruktansvärt kallt här ute. Om jag inte får komma in snart kommer jag att förfrysa.

B: Kanske det. Det var länge sedan jag var ute, så vad vet jag om kyla. Det enda jag vet är att det är varmt och skönt häruppe, med en rödglödgad kamin och björnskinnsfällen kring benen.

A: Driver du med mig gubbe!

B: Det enda som driver här är snön, om inte mina gamla öron tar fel.

A: Nog driver det alltid. Jag står upp till midjan i snö. Fy farao vad kallt det är! Mina fötter och fingrar har redan domnat bort.

B: Ni borde inte stå där ute och frysa. Kom in i värmen vet jag.

A: Komma in! Hur då?! Ska jag gå genom dörren kanske?!

B: Ni behöver inte skrika så. Jag hör er alldeles utmärkt här bakom dörren.

A: Bakom dörren! Nyss kunde ni ju inte gå nedför trapporna för era gamla bens skull och nu står ni redan bakom dörren!

B: Bli inte upprörd. Det är inte bra för hjärtat. Vänta så ska jag bara dra ifrån regeln så ni kan komma in.

A: Regeln! Dörren var ju för böveln inte låst sa ni ju!

B: Så nu är regeln bortdragen, nu är det bara att kliva in i värmen.

A: Jag kan inte längre röra mig, snön står upp till halsen.

B: Jag skall hjälpa er. Se nu hakar jag loss dörren och bär bort den.

A: Jag känner ingenting längre. Allt är så otydligt. Jag vill bara sova...

B: Kom in vet jag för vi har ingen dörr att öppna, ingen regel som stänger dig ute.

Framförd i P3-teaterns "Skriv så spelar vi" den 10/4-93

Domen

Scen: *En stor mörk sal där den anklagade står i skenet av en spotlight.*

Framför honom reser sig konturerna av ett högt domarpodium.

Domaren: Ni skyldige på alla punkter. Erkänner eller förnekar ni skuld?

Anklagade: Vilka anklagelser har man rest mot mig och vilka anklagar mig?

Domaren: Ni spelar okunnig, men det skall inte lyckas.

Anklagade: Jag har varken tagit del av anklagelserna eller ens fått

möjlighet att försvara mig. Jag kräver min rätt!

Domaren: Rätt? Låt ske, fast det överskrider mina skyldigheter.

Anklagelsen lyder så som följer. Den anklagade är skyldig till att inte

existera, hans skuld är bortom all tvivel och därför skall dom avkunnas

utan dröjsmål.

Anklagade: Inte existera. Det här är löjligt!

Domaren: Inte alls. Vi har vittnen som styrker att så är fallet.

Anklagade: Det här är ju befängt. Ja, rent ut sagt absurt!

Domaren: Inte alls. Jag ska låt vittnena höras ånyo för er skull. Än en gång

så överskrider jag mina skyldigheter i det här målet. Jag kallar det första

vittnet, den blinde mannen. Du blinde har du sett den anklagade?

Vittnet: *Från mörkret hörs en svag röst.* Nej, ers nåd, jag har inte sett den

anklagade.

Domaren: Jag kallar det andra vittnet, den döve mannen. Du döve har du

hört den anklagade.

Vittnet: *Från mörkret hörs en liknande röst.* Nej, ers nåd, jag har inte hört

den anklagade.

Domaren: Jag kallar det sista vittnet...

Anklagade: Stopp och belägg! Om han är döv hur kan han då höra er!?

Domaren: Tyst i rätten! Ni har inte blivit ombedd att yttra er, men för att ni inte ska tro att vi försöker lurar er kan jag upplysa er om att han läser på mina läppar. Nu har vi inte tid att uppehålla oss vid oväsentligheter. Jag kallar det sista vittnet, den stumme mannen. Du stumme om du kan styrka att den anklagade existerar, höj i så fall din stämma och säg så. *Tystnad.* Inte? Då återstår det bara för juryn att meddela sitt beslut.

Anklagade: Får jag inte ens försvara mig i den här parodiartade rättegången!?

Domaren: Försvara dig. Varför skulle det behövas? Juryn är tillräckligt kompetent för att avgöra det här målet utan några fler vittnesmål och åsikter. Jury, hur lyder ert utslag.

Juryn: *Från mörkret hörs en röst.* Vi finner den anklagade skyldig till brottet, ers nåd.

Domaren: Då var det hela avklarat. Ni anklagade befinner er skyldig till att inte existera. *Ett klubbslag hörs.*

Anklagade: Va, så här får det inte gå till! Jag kräver en ny rättegång! Jag kräääää....

Framförd i P3-teaterns "Skriv så spelar vi" den 26/2-95

Tills döden skiljer oss åt

Scen: Två skeppsbrutna på en flotte. Man hör vågorna klucka i bakgrunden.

A: Så mycket vatten och ingenting att dricka.

B: Det är fruktansvärt att dö av törst på öppna havet som Nietzsche sa.

A "Bli den du är" skrev Nietzsche och han blev galen.

B: Vad menar du med det?

A: Ingenting.

Tystnad

B: Är det inte märkligt att just vi överlevde.

A: Hur så?

B: Varför just vi? Det måste ha funnits tusentals andra som bättre förtjänade att överleva än vi två?

A: Tala för dig själv.

B: Men varför blev just vi utvalda?

A: Utvald? Jag blev inte utvald av någon. Jag överlevde tack vare min styrka och skicklighet.

Tystnad.

B: Tror du någon kommer och räddar oss?

A: Vem då? Ingen överlevde ju.

B: Men det kanske finns överlevande trots allt.

A: Vi har drivit omkring i en vecka utan att se ett fartyg.

B: Men havet är ju stort.

A: Varför får vi inte in någonting på radion då?

B: Den är kanske trasig?

A: Möjligt, men det finns inga överlevande.

B: Hur kan du säga så?

A: Det är sant.

B: Men man kan ju alltid hoppas.

A: Visst hoppa i sjön du!

B: Du behöver väl inte vara så jävla sarkastisk! Jag försöker ju bara se positivt på saken!

Tystnad. B börjar snyfta.

A: Vad lipar du för?

B: Jag känner mig så ensam.

A: Vem gör inte det?

B: Du? Du bryr dig väl inte.

A: Skulle jag inte bry mig? Jag har väl känslor som alla andra.

B: Har du?

A: Tror du inte att jag saknar mina släktingar och vänner lika mycket som du? Tror du att jag är nåt sorts vilddjur eller!?

Tystnad

A: Varför fick inte jag dö som alla andra?

B: Säg inte så. Vad glad att du överlevde istället.

A: Glad? Ska jag vara glad att vara den enda överlevande i hela världen på en flotte tillsammans med en idiot.

B: *Tyst för sig själv.* Idiot kan du vara själv.

Tystnad

B: Undra hur länge det dröjer innan vattnet börjar sjunka undan? Om vi bara hade haft en duva som i Bibeln. Då skulle vi kunna skicka ut den över den översvämmade jorden och den skulle komma tillbaka vid skymningen med en grönskande lagerkvist i munnen, om fastlandet hade kommit fram det vill säga. Varför har vi inte en duva med oss?

A: Det hade vi, men jag åt upp den!

B: Du ljuger!

A: *Gäckande.* Nej, det är sant! Jag åt upp den alldeles själv. Jag tuggade det saftiga köttet långsamt, sög ut varenda droppe köttsaft. Jag kan fortfarande känna den milda, ljuvliga, saftiga smaken i min mun.

B: Du ljuger! Du ljuger ditt svin! Vi hade aldrig någon duva med oss.

A: Nä, jag vet.

Tystnad

B: Kan jag få lite vatten?

A: Det är slut.

B: Slut? Det fanns ju kvar i morse!

A: Och?

B: Alltså måste det finnas kvar nu. Vi kom ju överens om att det skulle räcka minst två dagar till.

A: Gjorde vi?

B: Har du druckit upp det?

A tiger

B: Har du?

A: Än sen då? Vi kommer ju ändå att dö!

B: Men vi kom ju överens om...

A: I krig och kärlek är allt tillåtet.

B: Krig! Det är väl för helvete inte krig?

A: Är det inte?! Det tar minst en vecka innan vattnet sjunker undan och vi har varken mat eller dricksvatten kvar. Det enda sättet att överleva är att offra en av oss.

B: Du skämtar...

A: Nä, inte alls. En av oss måste bli föda åt den andra.

B: Mig ska du inte äta i alla fall.

A: Inte?

B: Du tar du mig inte levande.

A: Det hade jag inte tänkt heller.

B: Jag menar…jag dör heller än…

A: Det kan vi ordna.

B: Över min döda kropp!

A: Just det!

B: Ett steg närmare och jag…jag hoppar i vattnet!

A: *Inställsamt.* Jag skojade ju bara. Du behöver inte vara rädd. Jag ska inte röra dig.

B: Visst.

A: Kom nu, stå inte där och fåna dig. Jag skojade ju bara. Vill du inte ha lite vatten?

B: *Misstänksamt.* Det finns ju inget kvar?

A: Jag ljög. Vill du inte ha några droppar kallt läskande vatten? Kom då! Ta en stor klunk kallt vatten. *Sträcker ut flaskan.*

B: *Närmar sig misstänksamt med girig blick fäst på flaskan, B ska just ta flaskan då A griper tag i hans hand, slagsmål utbryter*

B: Du din…

A: Nu har jag dig!

De slåss, ett plask hörs, bägge faller i vattnet, de kommer upp skilda åt, spottande, hostande.

A: Var är flotten!?

B: *Hostande.* Jag vet inte…

A: Den är borta!

B: Men den var ju här alldeles nyss. Den kan inte vara långt borta.

A: Jag ser den inte!

B: Omöjligt, den måste vara här!

A: Den är inte här säger jag ju!

B: Men den måste!

A: Ser du den kanske då!

B: Nä, men...

A: Den är borta! Det är ditt fel!

B: Mitt! Det var ju du som började!

A: Hade du inte börjat bråka så.

B: Det var ju du som började!

Tystnad

A: Hur länge har vi legat här?

B: Vet inte. Kanske 2-3 timmar.

A: Jag börjar bli trött.

B: Jag fryser, det är kallt.

Tystnad

A: Jag orkar inte länge till

B: Inte jag heller.

A: Förlåt mig.

B: För vad då?

A: Allt jag har gjort. Det var mitt fel att vi ramlade i och den enda orsaken

var att jag var rädd, rädd för att dö.

B: Var du rädd?

A: Ja, jag var rädd. Jag ville inte dö.

B: Inte jag heller.

A: Och nu ligger vi här.

B: Ja.

Tystnad

A: Min vän jag orkar inte längre.

B: Håll ut försvinn inte.

A: Jag orkar inte...

B: Du måste, du får inte dö nu! Jag behöver dig!

A: Håll om mig...jag fryser...jag är så rädd.

B: Vi sjunker...jag orkar inte...

Tystnad

A: Vad hände?

B: Jag vet inte.

A: Vi lever.

B: Jag står på botten.

A: Vattnet har börjat dra sig undan. Vi överlevde!

B: Ja, men för hur länge? Vi har varken mat eller dryck. Varför ser du så

konstigt på mig? Jag trodde vi var vänner! Försök inte! *De båda männen*

slås igen, ljuden försvinner i bakgrunden och dränks i vågskvalpet.

Framförd i P3-teaterns "Skriv så spelar vi" den 5/2-95

Liten fågel

Scen: En man *är ute och går då han får syn på en liten fågel som gör sig redo att flyga iväg.*

M: Lilla fågel, varför blir du så rädd för mig?

F: Ni människor är så onda och elaka.

M: Det där är inte sant. Det finns visserligen undantag, men nästan alla människor är goda och vänliga.

F: Alla människor är onda.

M: Nu generaliserar du allt, majoriteten av människorna är goda.

F: De är så onda, de vill bara döda mig!

M: Där har du allt fel, människan är innerst inne god.

F: Människan är ond, ond och dum!

M: Nej, hör nu här! Du har fel! Människan är god!

F: Ond och dum, ond och dum!

M: Du ljuger ditt lilla kräk! Människorna är goda!

F: De är jätteonda och jättedumma.

M: Ta tillbaka det där ditt lögnaktiga fjäderfä!

F: Människan är jättejätteond!

M: Nä nu i helvetet har jag fått nog! Ett enda ord till från dig och jag vrider nacken av dig, ditt lögnaktiga fjäderfä!

F: Se bara hur ond människan är. *Fågeln flyger sin väg.*

M: Varför flyger du iväg lilla fågel? Vad har jag gjort? Vilken konstig liten fågel? Varför blev den rädd? Och varför står jag egentligen här och pratar med en fågel? Så löjligt, så dumt, som om en fågel skulle veta något som var av vikt för mänskligheten.

Framförd i P3-teaterns "Skriv så spelar vi" den 5/3-95

Scen: *Två män står på en landsväg kring hål och grälar.*

M1: Jag tror att någon har ramlat ner i hålet.

M2: Det tror jag inte.

M1: Jag säger att någon har ramlat ner i hålet.

M2: Inte alls.

M1: Hör du dåligt? Det ÄR någon nere i hålet.

M2: Struntprat du inbillar dig bara!

M1: Det gör jag inte!

M2: Det gör du visst!

Från hålet hörs ett svagt ljud.

M1: Hör du det är någon där nere!

M2: Inte alls det var bara vinden.

M1: Det var det inte!

M2: Det var det visst!

M1: Inte!

M2: Jo..och förresten ...

M1: Vad då?

M2: ...är hålet alldeles för litet för att en fet man skulle ramla ner där!

M1: En fet man!

M2: Just det!

M1: Varför just en fet man och inte en smal!

M2: Mycket enkelt. En fet man ser inte sina fötter för hans mage skymmer sikten och därför är det troligt att han inte upptäcker hålet och ramlar ner, medan en smal man som inte har samma problem omedelbart skulle upptäcka hålet och undvika det!

M1: Men om den smala mannen gick och tittade upp i himlen då?!

M2: Varför skulle han göra det?! Skulle han titta efter flygande elefanter kanske?!

M1: Kanske det!

M2: Löjligt! Det finns inga flygande elefanter!

M1: Inte! Min farbror har sett hundratals!

M2: Men han sitter ju på mentalsjukhus...

Från hålet hörs åter igen ett svagt ljud.

M1: Hör du! Mannen i hålet ropar på hjälp!

M2: Inte alls! Det var bara vinden som tjöt!

M1: DET ÄR NÅGON NERE I HÅLET!

M2: INTE ALLS!

M1: Tigger du stryk eller...

M2: Du hotar inte mig!

M1: Inte...*Knuffar till den andra mannen.*

M2: Det var droppen. *Slår till sin motståndare, som inte är sen att ge igen. Fullt slagsmål och tumult utbryter mellan de bägge männen. Farbrodern som kommer gående längs vägen får se de två slagkämparna och rusar fram för att skilja dem åt.*

Farbrodern: Stopp och belägg! Nu tar vi och lugnar ner oss lite! Vad är det här för dumheter!

M2: Han tror att någon har ramlat ner i hålet.

M1: Ja, någon har ramlat ner i hålet.

Farbrodern: Vilket hål!

M2: Det där alldeles bakom er.

M1: Farbror? Jag kände inte igen dig! Vad gör du här!

M2: Är det där din farbror?

Åter igen hörs ett svagt ljud nere från hålet.

Farbrodern: Det är en elefant i hålet!

M1: Nej, farbror! Det är en människa som ramlat ner!

M2: Struntprat! Det var bara vinden som tjöt!

Farbrodern: Stackars elefant! Han måste ha ramlat ner från himlen!

M2: *Sarkastisk.* Är du säker på att det inte är en flygande krokodil som har ramlat ner i hålet.

Farbrodern: Är du tokig?! En flygande krokodil på de här breddgraderna!

M2: Ni är ju fullkomlig galna! Bägge två!

M1: Jag är inte galen!

M2: Det är du visst!

M1: Jaså...*De bägge männen ryker ihop igen.*

Farbrodern: Stackars lilla elefant!

Tjänstemannen kommer gående på vägen och får syn på de bägge slagkämparna och skyndar fram.

Tjänstemannen: Sluta! Vad tar ni er till! Varför bråkar ni!

M1: Någon har ramlat ner i hålet!

Farbrodern: En stackars elefant....

M2: Äsch, det är bara vinden som väsnas!

Tjänstemannen: Ett hål! Det här är allvarliga saker. Vet ni inte om att det är anmälningsplikt på hål?!

M1: Jo men....

Tjänstemannen: Inga men! Det står klar och tydligt i lagen att hål på statliga egendomar, offentliga platser och allmänna vägar omedelbart, och jag poängterar omedelbart, skall inrapporteras till departementet för hål, gropar och andra fördjupningar, och därefter genast fyllas igen för att förhindra att någon stackare gör sig illa eller rent av ramlar ner i hålet.

M2: Just det!

M1: Det låter rimligt men....

Tjänstemannen: Så mina herrar jag föreslår sålunda att vi beger oss till närmaste by för att inrapportera denna hålighet och sedan mobilisera dess innevånare för att fylla igen detta hemska hål innan det orsakar någon skada på människor...

Farbrodern: Eller elefanter.

Tjänstemannen: Öh...just det...eller på...elefanter.

M2: Helt riktigt!

M1: Men...

Tjänstemannen: Inga men, nu är det bråttom! Stå inte bara där skynda er. *De fyra männen skyndar iväg för att skaffa hjälp. Efter en stund återvänder de med en grupp bybor, bärande på spadar, hackor och skottkärror fyllda med jord och sten.*

Tjänstemannen: Mina herrar! Här är det bedrövliga hålet. Låt oss genast skrida till verket och därmed förhindra eventuella framtida obehagligheter. *Byborna börjar snabbt fylla igen hålet. Så där! Klart! Tjänstemannen plattar till den sista jorden med sin stövel.*

M2: Vilken tur! Tänk om någon hade fallit ner i hålet innan vi hade hunnit täcka igen det.

M1: Ja, till exempel en stackars vandrare...

Farbrodern: Eller en stackars elefant.

M2: Vilken katastrof det skulle ha varit!

M1: En fruktansvärd olycka!

Tjänstemannen: Men nu är faran över och vi kan tryggt gå och hem och sova i vetskap om att vi förmodligen har räddat livet på en stackars hjälplös människa...

Farbrodern: Eller en elefants..

Tjänstemannen: Kanske även det.

Framförd i P3-teaterns "Skriv så spelar vi" den 26/3-95

Busshållplatsen

Scen: *En stressad ung man stannar framför en parkbänk där en gammal gubbe sitter och röker pipa.*

Mannen: Ursäkta mig. Jag undrar om ni kan hjälpa mig. Var ligger närmaste busshållplats?

Gubben: Man kan inte få vägledning i livet.

Mannen: Jag undrade bara var närmaste busshållplats låg.

Gubben: Man kan inte få vägledning i livet.

Mannen: Ja, ja! Jag har hört det nu, men var ligger närmaste busshållplats!?

Gubben: Jag kan inte hjälpa er.

Mannen: Varför inte då?

Gubben: Man kan inte få vägledning i livet.

Mannen: Kan ni inte bara peka i vilken riktning jag skall gå?

Gubben: Man måste finna sin egen väg.

Mannen: Men herregud! Jag vill ju bara komma till närmaste busshållplats!

Gubben: Man måste söka inom sig själv. Det är vägen.

Mannen: Hör ni dåligt eller?! Var ligger närmaste busshållplats!

Gubben: Den ligger ofta närmare än man tror.

Mannen: Ligger den här i närheten?

Gubben: Man finner den inom sig själv.

Mannen: För helvete! Kan ni inte sluta upp med det där! Jag behöver ingen vägledning i livet har jag ju sagt! Jag vill ju bara komma hem!

Gubben: Hem?

Mannen: Just det, hem.

Gubben: Hemmet bär man inom sig själv, för där är själens boning.

Mannen: Fattar ni inte! Jag vill till en busshållplats. En buss, ni vet, en stor bil med ratt! Brum! Brum! Brum!

Gubben: Hur är det fatt? Ni ser inte ut att må bra.

Mannen: Jag känner mig lite yr bara. Det är nog värmen.

Gubben: Kom och sätt er här ett slag.

Mannen: Skulle ni kunna vara så vänlig och svara på en enkel fråga?

Gubben: Det är möjligt.

Mannen: Var ligger närmaste busshållplats.

Gubben: Ja.

Mannen: Vad då ja!

Gubben: Ja, jag kan svara på frågan.

Mannen: Var ligger den då?

Gubben: Vilken då?

Mannen: Busshållplatsen! Nej, säg ingenting, jag vet! Den finns i själens boning. Eller hur?

Gubben: En busshållplats i själen? Det var det löjligaste jag någonsin har hört. Nej, busshållplatsen ligger ungefär två kilometer i den där riktningen.

Mannen: Så långt bort?

Gubben: Ja.

Mannen: Då är det nog bäst jag börjar att gå, för jag har en lång väg att färdas innan jag kommer hem.

Framförd i P3-teaterns "Skriv så spelar vi" den 14/5-95

Titta det brinner

Scen: En man och en kvinna kommer gående förbi ett hyreshus som brinner.

K: Titta det brinner!

M: Hmm...

K: Hör du inte! Det brinner!

M: Vad du tjatar!

K: Men titta då!

M: Var då!?

K: Däruppe på femte våningen, där det bolmar rök ur fönstret!

M: Ja, jag ser.

K: Är det inte förskräckligt!?

M: Det brinner än sen?

K: Ja, men tänk...

M: Tänka och tänka, man ska tänka så förbannat mycket nu för tiden.

K: Men är det inte upprörande?

M: Vad då?

K: Men ser du inte där uppe på balkongen?

M: Ja, ta mig tusan! Jag har då aldrig sett på maken, har människan ingen skam i kroppen, stå halvnaken och gasta mitt på ljusa dan!

K: Det är ju det jag säger, upprörande!

En förbipasserande stannar nyfiket till.

F: Vad står på?

K: Det brinner.

F: Verkligen? Hur började det?

K: Om jag får säga vad jag tror, så tror jag att det hela beror på vårdslöshet och dåligt omdöme.

F: Min mamma sa alltid att man ska vara försiktig med elden.

K: Ni måste ha haft en väldigt klok mamma.

F: Ja, jag minns till exempel påsken 1978. Släkten satt församlade i vardagsrummet...

M: Ursäkta, men kan ni tala lite högre. Den där människan skriker och gastar så jag knappt hör vad ni säger.

F: Jo, det var påsken 78. Vi satt församlade i vardagsrummet, då min mamma kände röklukt...

K: Titta nu bara, så hon viftar och vinkar åt oss! Vilken fräckhet! Som om vi skulle vara bekanta på nåt vis! Åh, ursäkta mig! Jag avbröt er visst...

F: Som jag sa, mamma kände röklukt och sprang ut i köket...

M: Men vad skriker hon nu i!?

F: Om jag inte misstar mig...så låter det som...hjälp det brinner, eller nåt liknande.

M: Jaså, inget annat? *Skrattar till.* Som om vi inte skulle se att det brann? Tror hon att vi är blinda eller?

K: Men snälla ni fortsätt mer er intressanta berättelse...

F: Var var jag nu...jo, mamma sprang ut i köket och upptäckte att det brann i soppåsen. Det visade sig att farbror Sven inte hade släckt en av sina cigaretter ordentligt och det hade tagit eld i pappret. Men min rådiga mamma släckte omedelbart elden och räddade därmed troligen livet på oss alla. Därefter sa hon alltid till oss barn att vi skulle vara försiktiga med elden.

M. Er mamma är verkligen ett gott föredöme, till skillnad från vissa andra.

K: Undrar om hon fryser? Hon har ju så lite kläder på sig!

F: Ni behöver nog inte oroa er över det. Ni förstår elden från lägenheten utvecklar en otrolig värme, det är därför fönsterrutorna har exploderat. Så det är nog ingen risk att hon fryser.

K. Så bra då.

M: Nu skriker hon något igen, men det går knappt att höra på grund av det rasande eldhavet.

F: Ja, det brinner riktigt bra nu.

K: Jag tycker det låter som...minns barnåren.

M: Minns barnåren? Vad menar hon med det?

F: Ursäkta mig, men kan det inte vara så att hon skriker ring brandkåren?

M: Ja, det låter inte osannolikt.

K: Men varför ska vi ringa brandkåren? Det brinner väl inte hemma hos oss?

F: Nä, det är klart förstås.

M: Nu tänker hon visst hoppa.

F: Ja, hennes kläder har visst fattat eld.

K: Nu hoppar hon. *Kvinnan hoppar och slår med en duns i marken.*

M: Nä har man sett på maken. Jag tror visst det börjar regna.

K: Ja, du har rätt. Jag kände en droppe på armen.

F: Ni får verkligen ursäkta mig, men jag måste kila vidare.

M: Ja naturligtvis. Men det var roligt att träffas.

K: Ja verkligen, och hälsa er mamma.

F: Det ska jag göra. God afton. *Den förbipasserande går sin väg.*

M: Vilken sympatisk människa.

K: Ja inte sant.

M: För att inte tala om hans mamma.

K: Ja, vilken trevlig och omtänksam person hon måste vara. Vad vårt samhälle behöver är fler av hennes kaliber. Personer som verkligen bryr sig om sina medmänniskor.

M: Det har du alldeles rätt i.

Mannen och kvinnan fortsätter sin promenad. I bakgrunden hörs brandkårssirener.

Framförd i P3-teaterns "Skriv så spelar vi" den 28/5-95

Scen: Fyra stolar står i en ring.

Doktorn: Vi slutar där vi började förra gången. Jag menar...början är förra gångens slut...nej...vänta...slutet är dagens början. Kan man säga så?

Filosofen: Säga och säga. Jag säger ingenting.

Studenten: Men du sa ju någonting alldeles nyss!

Filosofen: Inte alls! Jag sa ingenting!

Studenten: Nu sa du någonting igen!

Filosofen: Du inbillar dig bara! Jag har inte sagt ett ord eller vad säger du doktorn?

Doktorn: Va!? Jag vet inte. Har vi börjat eller har vi slutat?

Filosofen: Jag har inte sagt något!

Studenten: Det har du visst!

Filosofen: Det har jag inte!

Generalen: Det är krig! Krig mina herrar!

Studenten: Vad menar du?

Generalen: Krig! Två forna vänner, nu bittra fiender. Det är krig!

Doktorn: *Rusar upp.* Krig! Är det krig! Vilka anfaller? Jag måste till mina mannar. Jag är ju löjtnant i hemvärnet! Var är min uniform! Mitt gevär!

Sätter sig igen.

Filosofen: Jag säger inget.

Studenten: Det gör du visst!

Generalen: Två förr så goda vänner, sliter nu strupen av varandra.

Studenten: Vad är egentligen meningen?

Filosofen: Var.

Studenten: Va?

Filosofen: Var?

Studenten: Vad då var?

Filosofen: Det korrekta uttrycket är: "Var är egentligen meningen?"

Studenten: Vadå var? Är den borta?

Filosofen: Jag säger ingenting.

Doktorn: Är den borta? Har någon stulit den!?

Generalen: Just det, en vän stal den.

Studenten: Meningen är borta!

Generalen: Just det, han stal meningen.

Doktorn: Vem då?

Generalen: Vännen.

Filosofen: Det var en dålig vän.

Doktonr: Jag förstår inte! Vilken mening tog han? Det finns ju så många.

Generalen: En förrädare, det var han!

Studenten: Vem?

Filosofen: Nu har jag talat!

Studenten: Du har ju inte sagt något!

Filosofen: Det har jag visst!

Studenten: Vad sa du då?

Filosofen: Jag förklarade meningen!

Doktorn: Meningen? Den mening som man menar?

Filosofen: Ja, just den.

Studenten: Du ljuger! Du har inte sagt ett ord!

Doktorn: Snälla, berätta vad meningen är!

Filosofen: Jag säger ingenting. Jag är tyst.

Studenten: Du pratar ju för fullt!

Generalen: Det var ett dåligt slut på en så fin vänskap.

Doktorn: Är det slut? Vi som nyss hade börjat.

Generalen: I början var det inte så farligt, men det blev värre mot slutet.

Doktorn: Ja! Ja, det kan nog stämma! Men hur var det i början?

Studenten: Den eviga cirkeln är sluten.

Doktorn: Är det här början eller slutet?

Studenten: Ingetdera, det är en cirkel.

Filosofen: Det är min mening att...

Generalen: Din mening! Den är väl lika mycket min! Ge genast hit min andel!

Doktorn: Och jag. Jag vill också ha min del.

Filosofen: Men det är ju min mening att...

Generalen: Jaså du tänker lägga beslag på hela meningen för dig själv. Tjuv!

Doktorn: Förrädare! Och jag som trodde du var en vän att lita på!

Generalen: Han är en fiende! Döda honom! Ta tillbaka meningen!

Studenten: Ska det aldrig ta slut? Vad är det för mening med allt?

Generalen: Vilken mening?

Studenten: Min mening naturligtvis. Vad är min mening?

Filosofen: Var.

Studenten: Va?

Filosofen: Det heter: "Var är min mening?"

Studenten: Är den stulen?

Generalen: *pekar på filosofen*. Det måste vara han som är tjuven!

Doktorn: Ja, det måste vara han!

Studenten: Varför tar det aldrig slut? Kanske är meningen meningslös.

Filosofen: Meningslös, som om det bara var ett ord?

Doktorn: Som om den saknade predikat och subjekt?

Generalen: Ja, som om den bara var en bisats!

Studenten: Det var inte min mening att...

Filosofen: Inte din! Hur kan du då påstå att den är stulen?

Studenten: Jag menar ju bara...

Generalen: Nu menar han med en stulen mening!

Doktorn: Vilken fräckhet att mena vad som var menat åt andra!

Studenten: Tar det aldrig slut!

Generalen: Det är ju krig!

Doktorn: Har det någonsin börjat?

Filosofen: Jag säger ingenting.

Doktorn: Det kanske är dags att sluta för idag, eller ska vi kanske börja?

Framförd i P3-teaterns "Skriv så spelar vi" den 7/4-96

Korsningen

Scen I: *Två luffare möts i en vägkorsning.*

A: Hallå där! Vart är du på väg?

B: Till helvetet för att plocka blå apelsiner. Själv då?

A: Jag ska till himlen och träffa Gud.

B: Jaså det säger du, men varför i herrans namn då?

A: Jag tänkte be om uppskov med hyran.

B: Jaha. Du har beställt tid då?

A: Vad då beställt tid?

B: Du tror väl inte att det bara är att klampa rakt in till Gud fader och be om uppskov med hyran, va!?

A: Nä, det är väl klart...men det råkar faktiskt vara såhär...att det är "drop in" nu på morgonen!

B: Ta mig tusan! Har de sånt där?

A: Javisst ser du, men själv då? Jag ser inte att du har tagit med dig motorsågen.

B: Var i helvetet ska jag med en motorsåg till!?

A: Du vet väl att man måste ha en motorsåg om man ska plocka blå apelsiner i helvetet?

B: Det är väl klart jag vet! Men om du inte visste det...så går det lika bra att hyra en när man kommer fram, så det så!

A: Jo, det förstås...

B: Förresten vad har du gömt vingarna någonstans?

A: Vilka vingar?

B: Vilka vingar? Hur hade du tänkt ta dig upp till himlen då, simma kanske?

A: Är du född på stenåldern? Det finns ju hissar!

B: Det visste jag väl! Jag ville bara pröva dig....

A: Pröva på du! Så får vi se om du själv klarar provet.

B: Vad dillar du för persilja!

A: Du tror väl ändå inte att man släpper in vilket patrask som helst i helvetet? Nä, där gäller det ha sina papper i ordning och kunna det hemliga lösenordet!

B: Ja, och?

A: Känner du till lösenordet?

B: Det är väl klart!

A: De bytte i förra veckan...

B: Vad är det frågan om, är det spanska inkvisitionen kanske? Om du nu är så förbannat välinformerad så kan du väl peka ut närmaste väg till helvetet åt mig!

A: Vet du inte det?

B: Det är väl klart jag vet? Men jag frågade om du visste! Nå, ska man gå åt höger eller vänster i vägkorsningen?

A: Äsch, såna struntfrågor orkar jag inte svara på.

B: Ha, ha! Du vet alltså inte?

A: Än sen då? Det intresserar mig inte, jag ska inte dit.

B: Nä just det, du skulle ju till himlen. Vilket väg var det nu igen?

A: Hur så?

B: Jag är bara nyfiken.

A: Det kan väl inte vara så svårt att lista ut, inte ens för en ärthjärna som dig! Det finns ju bara två vägar och välja på, och eftersom den ena leder till helvetet, så måste den andra följaktligen leda till himlen.

B: Så du menar att du ska gå till höger?

A: Det har jag inte sagt!

B: Aha, så du ska alltså gå till vänster!

A: Det har jag aldrig påstått!

B: Så med andra ord, du vet inte heller vilken väg du ska välja?

A: Nä...

De bägge står rådvilla och funderar när C kommer gående.

B: Vänta. Någon kommer.

A: Han kanske vet vilken väg som är vilken!

B: Ursäkta, min herre! Skulle ni kunna säga vilken väg som leder till

helvetet...

A: ...och till himlen!

C: *Medan han går förbi dem.* Till himlen bär inga vägar, men till helvetet

bär alla.

B: Vänta! Vad menar du?

A: Han bara gick sin väg!

B: Ja, men kolla nu när han när han kommer fram till vägkorsningen vilken

väg han väljer....

A: Ingen! Han gick rakt fram!

B: Jag förstår inte!

A: Men fattar du inte?!

B: Nä, vad då?

A: Alla vägar bär till helvetet, men ingen till himlen!

B: Du menar alltså...

A: Ja, det är ju självklart! Om man går rakt fram så kommer man till himlen,

och följer man någon av vägarna så kommer man till helvetet!

B: Farväl då min vän, nu ska jag till helvetet och plocka blå apelsiner!

A: Och jag ska träffa Gud personligen!

A och B går åt vart sitt håll.

Scen II: *Dagen gryr, två luffare stöter ihop i en vägkorsning.*

A: Aj! Se dig för!

B: Desamma, din drulle!

A: Varför har du så bråttom?!

B: Jag ska till helvetet och plocka blå apelsiner!

A: Till helvetet och plocka blå apelsiner... Vad har jag hört det förut?

B: Känner jag er?

A: Jag vet inte. Er röst verkar bekant.

B: Men...det är ju du!

A: Så klart att det är jag, men vem är du!

B: Känner du inte igen mig från igår kväll!

A: Ja nu ser jag det! Men vad gör du här?

B: Jag tänkte just fråga detsamma.

A: Hur kom du hit?

B: Jag följde vägen till vänster i korsningen.

A: Och jag gick rakt fram...

B: Och så kom vi hit...

A: Det känns som jag har varit här tidigare.

B: När du säger det så, det verkar väldigt bekant.

A: Det är ju! Nej, det är inte möjligt!

B: Vad då?

A: Samma korsning som vi skiljdes från igår!

B: Omöjligt! Men när du säger det så...det är väldigt likt.

A: På pricken skulle jag säga.

B. Men, vi tog ju var sin väg och ändå hamnade vi här. Det måste betyda...

A: ...att vi har gått i en cirkel.

B: Eller ännu värre, att man inte kan komma härifrån!

A: Så illa är det väl inte?

B: Inte! Varför kommer han då tillbaka!

C kommer gående

A: Mannen från igår!

B: Vänta, nu har vi chansen.

A: Vad då?

B: Att fråga honom var vi är så klart? Ursäkta kan ni hjälpa oss lite. Vi undrar var vi är någonstans.

C: *Stannar upp.* Var ni är? I livet mina herrar. Ni är i livet mina herrar.

A & B: I livet!? Nej, inte nu igen!

Framförd i P3-teaterns "Skriv så spelar vi" den 28/9-97

Mannen i garderoben

Scen: *A öppnar sin garderobsdörr och börjar leta efter ett par skor.*

A: *Mumlande för sig själv.* Hm... Var kan de vara... Där står joggingskorna och där stövlarna och...de här skorna känner jag inte igen. Jag kan inte påminna mig att jag har några svarta lackskor. Underligt...det är ju strumpor nedstuckna i skona...och ett par byxor... Herre min gud! Det sitter någon i garderob!

Mannen: Hej på dig!

A: Vem är ni!? Vad gör ni här?

Mannen: Ni kanske tycker att jag liknar Franz Kafka. Det är faktiskt många som har påpekat likheten. Håller ni inte med om att jag är väldigt lik Franz Kafka?

A: Va!?

Mannen: Ni vet Franz Kafka, den tjeckiska författaren som har skrivit romanerna Processen och Slottet?

A: Jag vet väl vem Franz Kafka är! Men vad gör ni i min garderob!?

Mannen: Ni måste väl ändå medge att vi är väldigt lika. Ja, visste man inte bättre så skulle man tro att vi var tvillingar.

A: Va?!

Mannen: Franz Kafka och jag.

A: Ni liknar ju inte alls Franz Kafka. Franz Kafka hade inte rött hår, och inte helskägg heller för den delen!

Mannen: Nu gjorde ni mig faktiskt lite ledsen. Men jag förlåter er. Jag förstår att ni är lite upprörd. Det är ju inte varje dag man finner en okänd man i sin garderob.

A: Nej, verkligen inte!

Mannen: Ni kanske rent av tycker att det är lite absurt, som i en berättelse av Franz Kafka!

A: Absurt är det minsta man kan säga!

Mannen: Det är klart att det är lite ovanligt att finna en vilt främmande man i sin garderob. Ja, allra helst om man inte förväntar sig det, men jag kan försäkra er att det inte är hälften så underligt som att finna två främmande män i sin garderob.

A: Det är mycket möjligt, men nu gäller det bara er!

Mannen: Inte riktigt, förstår du! Min tvillingbror är nämligen här på besök.

A: Er tvillingbror!

Mannen: Ja, men oroa er inte. Han ska snart gå.

A: Var då?

Mannen: Hem till sig naturligtvis!

A: Jag menade var är han nu!

Mannen: Han sitter här bakom mig. Han är lite blyg stackarn och håller sig gärna i bakgrunden, om ni förstår vad jag menar.

A: Ni kanske har en syster gömd där bakom också!?

Mannen: Är ni från vettet! Inte får tre människor plats i den här lilla garderoben. Nej, hon blev tvungen att gå när min bror kom.

A: Har hon gått!?

Mannen: Så klart hon har gått! Tror ni jag har gömt henne i jackfickan kanske?

A: Nej, men jag förstår inte det här. Här letar man efter ett par skor och så finner man två okända män i sin garderob och inte nog med det deras syster har nyss gått hem.

Mannen: Skor? Vad för skor letar ni efter?

A: Ett par bruna seglarskor....

Mannen: Några sådana finns inte här?

A: Är ni säker?

Mannen: Säker? Så klart jag är säker! Men du kan alltid kolla med min farbror i byrålådan, han kanske vet.

A: *Stänger långsamt garderobsdörren.* Farbror i byrålådan....ja tack då...byrålådan....farbror....deras syster....jag förstår inte riktigt det här....

Framförd i P3-teaterns "Skriv så spelar vi" den 24/8-97

Spelet om Enok

Scen I: *Enok sitter framför sin TV och väntar på att Tipsextra ska börja när det ringer på dörren. Irriterad reser han sig upp och öppnar dörren med ögonen fortfarande riktade mot TV:n.*

Enok: Ja vad är det om!

Döden: Känner ni inte igen mig?

Enok: *Kastar en snabb blick på döden.* Nä...

Döden: Liknar jag ingen som ni känner?

Enok: *Ser lite närmare på döden.* Jaa...vore det inte för näsan så kanske...

Döden: Ja?

Enok: Nä.

Döden: Jo, men säg...

Enok: Nisse! Ni liknar Nisse, men inte så mycket.

Döden: Nisse? Det är ingen annan jag påminner om?

Enok: Nä.

Döden: Människa! Ser ni inte att jag är döden!

Enok: Döden?! Tja, nu när du säger det så... Jag la faktiskt inte märke till lien...Snygg kostym...

Döden: Snygg kostym! Är det allt ni har att säga när ni står vid gravens brant!

Enok: Ska du på maskerad!?

Döden: Förstår ni inte människa? Jag är döden! Jag har kommit för att hämta er!

Enok: Nä, ser du, det går inte! Tipsextra börjar ju om några minuter!

Döden: Ni har inget val!

Enok: Jag ska ändå inte köpa något!

Döden: Köpa!?

Enok: Jag behöver ingen försäkring, eller vad ni nu säljer.

Döden: Jag säljer ingenting! Jag hämtar!

Enok: Vänta då...så ska jag se om jag har några pantflaskor kvar.

Döden: Jag vill inte ha några flaskor!

Enok: Burkar då, eller är det returpapper du ska hämta?

Döden: Jag är här för att hämta er själ människa! Förstår ni inte!

Enok: Jaså är du från Jehovas vittnen. Nä, jag är inte intresserad.

Döden: Jag är döden!

Enok: Själv heter jag Enok, trevligt att träffas! Har ni flyttat in nyligen?

Döden: Jag kommer från andra sidan.

Enok: Ni bor alltså tvärs över gatan?

Döden: Nä, jag kommer från himlen!

Enok: Jaha, du bor på övervåningen. I Persson gamla lägenhet då?

Döden: Ni är död!

Enok: Ja, han dog förra veckan. Mycket tragiskt.

Döden: Det vet jag väl.

Enok: Så ni var bekanta?

Döden: Nä, men jag är döden! Jag vet allt!

Enok: Kommer Helsingborg att vinna över Malmö? Jag satte nämligen en

etta på kupongen, men...

Döden: Det vet jag inte!

Enok: Då vet ni ju inte allt.

Döden: Jag vet vilka som ska dö! Det är mitt jobb!

Enok: Varför sa ni inte att ni var läkare på en gång.

Döden: Jag är DÖDEN har jag ju sagt!

Enok: Ni borde inte gå omkring och säga sådana förskräckliga saker. Folk kan ju bli rädda.

Döden: Det är meningen att folk ska vara rädda! Och nu har jag fått nog av era dumheter! Ni lever inte längre. Ni har kilat vidare, kolat vippen, dött, avlidit, gått bort, somnat in, gått ur tiden, tagit steget över till andra sidan, fallit av pinn, ni är rent ut sagt stendöd!

Enok: Varför sa ni inte det med en gång? Vänta så ska jag bara hämta min jacka och halsduk. Man vill ju inte bli förkyld. Hux flux får man lunginflammation och dör.

Döden: *Resignerat. Ni är ju redan död. Enok tar sina kläder. De går iväg.*

Scen II: *Döden och Enok står framför Sankte Per vid himlens pärleport.*

S.t Per: Ert namn.

Enok: Enok.

S.t Per: Låt mig se...Ebba...Elvis...Emanuel...Enok. Ja här är det. Nå, vad har ni gjort för gott i ert liv som skulle kunna vara till er fördel när er själ vägs på den gyllene vågen.

Enok: Gott? Jo, en gång bakade jag en mycket uppskattad sockerkaka.

S.t Per: Jag menar naturligtvis vilka goda gärningar ni har gjort under er livstid.

Enok: Tas det här till protokollet?

S.t Per: Allt skrivs ner i livets bok och de döda döms efter vad som står nedskrivet där.

Enok: Persson var en mycket vänlig människa. Han var nästan religiös skulle man kunna säga.

S.t Per: Persson? Vem är Persson?

Enok: Det var mycket tragiskt att han dog så där plötsligt och lustigt. Men snälla poliskommissarien...

S.t Per: Poliskommissarien? Vad pratar ni för strunt människa?

Enok: *Pekar på Döden.* Doktorn här sa att jag skulle komma med och identifiera Persson.

S.t Per: *Till Döden.* Sa ni?

Döden: Jag? Nä...

S.t Per: Vad sa ni då? Något måste ni väl ha sagt?

Döden: Det jag brukar säga! Att han var död! Men han spelade bara oförstående och försökte förvilla mig. Först påstod han att jag sålde försäkringar och sen att jag tillhörde Jehovas vittnen.

S.t Per: Det här var mycket allvarliga anklagelser. Stämmer verkligen det här?

Enok: Snälla poliskommissarien...

S.t Per: Jag är ingen poliskommissarie har jag ju sagt? Jag är Sankte Per och ni befinner er framför himlen portar.

Enok: Förlåt mig så mycket pastorn, men jag visste inte att...

S.t Per: Är ni tokig människa!? Jag är ingen pastor jag är den himmelska domaren och ni står inför rätta för att dömas efter era livsgärningar!

Enok: Dömas? Jag har ju inte gjort något! Jag är oskyldig!

S.t Per: Så där ja. Nu låter det bättre. Ni tycks äntligen tagit ert förnuft till fånga.

Enok: Herr domare ha barmhärtighet!

S.t Per: Så ska det låta. Den syndfulla själens ångestfyllda kval inför den högsta domaren.

Enok: Snälla kasta mig inte i fängelset! Jag har ingenting med Persson död att göra!

S.t Per: Persson nu igen! *Till Döden.* Vem är den där Persson som han hela tiden babblar om?

Döden: Persson? Han var här bara för en liten stund sedan. En mycket trevlig och sympatisk herre. Dog alldeles för tidigt enligt min mening. Blev bjuden på den här sockerkakan, som någon hade varit så djävulsk och fyllt med jordnötter, som den stackarn var dödligt allergisk mot. *Visar S.t Per den halvätna sockerkakan.*

Enok: Min sockerkaka! Vad gör den här?

S.t Per: Er sockerkaka?

Enok: Ja, min "goda gärning". Om jag får lov att vara lite skämtsam.

S.t Per: Ni verkar ha mycket på ert samvete herr Enok! Först så försöker ni lura Döden, sedan driver ni gäck med den gudomliga rättvisan och nu det här! För sådana som ni har vi ett alldeles speciellt ställe. Döden, se till att herr Enok får eskort ner till källarvåningen!

Enok: Inte ner i källaren, snälla rara domaren! Jag är så känslig för kyla och fukt. Jag kan bli förkyld, få lunginflammation och dö!

S.t Per: Oroa er inte herr Enok. Dit ni ska behöver ni inte frysa, det kan jag garantera er!

Scen III: *Vid porten till helvetet står Djävulen när Enok och Döden anländer.*

Enok: Men se på fan!

Djävulen: I egen hög person.

Enok: Ja, ta me fan!

Djävulen: Med största nöje!

Enok: Var det inte det jag trodde.

Djävulen: Inte tillräckligt, tydligen

Enok: Ni trodde att ni kunde lura mig. Va? Identifiera Persson...Ha! Han begravdes ju i förrgår. Att jag kunde glömma bort det...

Djävulen: Persson? Vilken Persson!

Enok: Det trodde jag inte om dig Nisse.

Djävulen: Till Döden. Vem menar han? Nisse Persson eller?

Enok: Ha, den var kul Nisse! Trodde du inte att jag skulle känna igen dig bakom bockskägget, va!? Men ser du, näsan avslöjar dig! *Drar Djävulen i näsan.*

Djävulen: Aj! Släpp näsan människa!

Enok: Den kranen kan man inte ta miste på!

Djävulen: Till Döden. Vad i helvetet är det som pågår här!? Försöker ni driva gäck med mig eller!?

Enok: Häda inte Nisse! Du har visserligen aldrig varit någon religionens man, men tänk på att det finns andra närvarande. *Pekar på Döden.* Förresten ska du inte ta och presentera oss, eller skäms du för dina gamla vänner?

Djävulen: *Till Döden.* Presentera oss? Har du inte sagt vem du är?

Döden: Jo, det är klart. Jag menar, jag har försökt, men...

Djävulen: Försökt! Du vet väl vad det här innebär!

Döden: Ja, men...

Djävulen: Inga men, reglerna är solklara på den här punkten. Jag kan inte släppa in någon dödlig till helvetet, hur svart han själ än må vara om han inte vet att du är Döden!

Döden: Ja, men...

Djävulen: Inga men har jag sagt!

Döden: Vad ska jag göra då?

Djävulen: Du måste föra tillbaka honom varifrån han kom och sedan göra ditt jobb rätt den här gången.

Enok: Men jag vill inte gå hem redan! Nisse, va lite snäll va och släpp in oss nu, va!

Djävulen: Omöjligt det går inte för sig!

Enok: Är det därför jag inte har någon kostym? Är det därför jag inte få komma in?

Djävulen: *Till Döden.* Kostym? Vad babblar han får rappakalja?

Enok: Kostym Nisse! Som du och din polare har. Förresten "djävligt" snygg svid du fått tag i! Ha, ha! Där fick jag till det va!? *Dunkar Djävulen hårt i ryggen.*

Djävulen: Uurgh! Vad tar ni er till människa! Vill ni lida all helvetets kval!

Enok: Du har tränat på din roll hör jag! Äsch, släpp in oss nu Nisse, för gammal vänskap skull!

Djävulen: Jag har inga vänner! Jag är Djävulen!

Enok: Hetsa inte upp dig Nisse. Visst ser jag att du är Djävulen och det här är Döden. *Lägger handen på Dödens axeln.*

Djävulen: Du vet alltså vem han är?

Enok: Det är väl klart! Jag är väl inte blind heller!

Djävulen: He, He! Men då så herr Enok, "varmt" välkommen som vi brukar säga här i helvetet. He, he!

Döden: *Tar Djävulen i armen.* Vänta lite här!

Djävulen: Vad är det nu då?

Döden: Han tror ju bara att jag är utklädd till Döden.

Djävulen: Än sen då?

Döden: Säger inte reglerna att han måste vara fullständigt medveten om vem jag är?

Djävulen: Han säger ju att han vet vem du är!

Döden: Han tror ju bara att jag är Döden.

Djävulen: Än sen då, du är ju Döden!

Döden: Men han är ju inte medveten om det.

Djävulen: Det är väl en tolkningsfråga. Men okej då! Om vi ser det så här då. Vad ser du helst, att han får återvända till livet, vilket innebär att du måste jobba över i kväll, eller att jag får ta hand om honom och lära honom lite respekt för övermakten?

Döden: När du uttrycker det på det sättet. Han är din! *Skakar hand med Djävulen och går.*

Enok: Vart skulle han gå?

Djävulen: Bryr er inte om det herr Enok. Utan stig istället in i värmen. *Djävulen öppnar helvetesporten.*

Enok: Det var verkligen på tiden. Det började bli lite kyligt här ute, och du vet ju hur känslig jag är för kyla Nisse.

Djävulen: Oroa er inte herr Enok. Vi ska snart se till att ni får upp värmen igen. *Enok och Djävulen går in genom helvetesporten som stängs bakom dem.*

Scen IV: *I helvetet. Det hörs rop och skrik från människor som plågas i den evigt brinnande helveteselden.*

Djävulen: *Hånskrattande.* Nå, fryser ni fortfarande herr Enok? .

Enok: Det kan jag inte direkt påstå. Det är ganska kvavt och disigt på den här syltan. Inte riktigt vad jag är van med, men vad säger du Nisse: Bjuder du på en liten färdknäpp innan det är dags att bege sig hemöver.

Djävulen: Hemöver? Jaså, och var tror du att du ska gå då?

Enok: Det har varit trevligt Nisse, men jag måste hem och se hur det gick med stryktipset.

Djävulen: Ni är alltså en spelare herr Enok?

Enok: Blygsamt. Ja, några rader blir det väl i veckan.

Djävulen: Då kanske vårt lilla spel skulle kunna intressera er?

Enok: Vad då för spel?

Djävulen: Låt oss säga att det är ett spel som bestämmer hur ni ska belönas under resten av er vistelse här nere.

Enok: Är insatsen hög, jag har inte så mycket pengar på mig.

Djävulen: Oroa er inte för den herr Enok. Den är redan betald. Det är ett mycket speciellt spel som vi kan erbjuda er. Det finns inga förlorare, utan alla vinner, det är bara smärt..., jag menar storleken på vinsten som kan variera.

Enok: Verkligen! Det låter intressant. Hur går det till?

Djävulen: Mycket enkelt jag tänker på ett tal mellan 1 och 10 och ni gissar vilket tal det är.

Enok: Det verkar inte speciellt svårt.

Djävulen: Då så, nu tänker jag på ett tal mellan 1 och 10. Vilket är det herr Enok?

Enok: *Tänker.* Fem!

Djävulen: Helt otroligt! Är ni tankeläsare herr Enok? Fem var alldeles riktigt. Låt mig se....fem är visst en riktig högvinst herr Enok!

Enok: Har jag vunnit högsta vinsten!

Djävulen: He, he! Det skulle man kunna säga.

Enok: Helt otroligt! Jag som aldrig brukar vinna något! Vänta bara tills Gud får höra det här.

Djävulen: Gud?! Känner du Gud?

Enok: Javisst, vi träffades för några år sedan och sen dess har vi hållit ihop i ur och skur. Gud är så trevlig och sympatisk. Vi brukar ta små promenader på söndagarna och diskutera livets små väsentligheter. Man blir så glad när man är tillsammans med Gud, ens hjärta liksom fylls liksom av kärlek. Det är svårt att förklara, men du förstår säkert.

Djävulen: Usch! Tvi! Säg inte ett ord till! Jag tål inte att höra det! Komma hit till helvetet och spela syndare när du egentligen är en av Guds vänner! Ge dig iväg din usling! Försvinn härifrån!

Enok: Vad tar det åt dig Nisse? Du behöver inte vara avundsjuk på Gud och mig! Kom och hälsa på någon dag vet jag, så får du också träffa Gud. Du kommer säkert att ändra åsikt när du inser hur god och snäll Gud är.

Djävulen: Ut ur helvetet din..din..GODING! Och visa dig aldrig här igen!

Enoks knuffas ut från helvetet och helvetesporten slår igen bakom honom.

Enok: Vad tog det åt honom? Är det så man behandlar en gammal vän? Äsch, strunt samma, nu får jag skynda mig hem om jag ska hinna se Tipsextra.

Scen V: *Enok öppnar dörren till sin lägenhet. Hänger av sig kläderna och sätter sig framför TV:n där Tipsextra just har börjat.*

Enok: Gud. Gud! Hör du dåligt Gud!

Gudrun: *Kommer ut från köket.* Sluta ropa! Jag hör dig! Och sluta kalla mig Gud, jag heter faktiskt Gudrun!

Enok: Ja, ja älskling. Är maten klar snart!

Gudrun: Om några minuter.

Det ringer på dörren. Enok sitter orörlig kvar på sin plats. Det ringer igen.

Gudrun: Ska du inte öppna!

Enok: Tyst jag ser på Tipsextra.

Det ringer igen.

Gudrun: Då går väl jag då. *Går och öppnar dörren. Pratar med någon.*
Ropar till Enok. Enok! Det är till dig.

Enok: Vem är det?

Gudrun: Jag vet inte. Han säger att han heter Döden eller nåt sånt. Han verkar ganska upprörd och vill prata med dig...

Framförd i P3-teaterns "Skriv så spelar vi" den 1/2-98

Skyddsrum 666

Scen: *En betongbunker med vitkalkade väggar med talet "666" målat med stora röda siffror mitt på väggen. Till höger en förseglad ståldörr. I taket hänger en naken glödlampa. De två männen sitter mot väggen med de röda siffrorna hängande över sig. De lyssnar upp mot taket.*

Man1: Jag tror att det har tystnat.

Man2: Jag med.

Man1: Skönt att det är över.

Man2: Jag var orolig ett tag att vår sista stund hade kommit.

Man1: Jag med, men nu har det varit tyst ett bra tag. De har nog slutat.

Man2: Det var en djävla tur att vi hann in i tid. Jag har inte hunnit tacka dig för att du räddade mitt liv.

Man1: Jag? Det var väl snarare du som räddade mitt.

Man2: Skojar du. Hade du inte burit ner mig i det här skyddsrummet, så vet man aldrig vad som skulle ha hänt.

Man1: Men jag bar inte ner dig! Inte vad jag minns i alla fall. Jag kommer bara ihåg att vi sprang in i gränderna vid gamla stan när planen började bomba.

Man2: Ja, just det! Och sen kom ett intensivt vinande ljud från bomberna som föll och så small det bara till och allt badade i ett starkt ljus. Även fast jag blundade allt vad jag kunde trängde ljuset genom ögonlocken och sen...sen minns jag ingenting. Jag måste ha slocknat. Och sen vaknade jag här. Du måste ha burit ner mig.

Man1: Det har jag inte säger jag ju! Jag kommer bara ihåg det där vinande ljudet som du pratade om och smällen, men inget ljus, bara ett kompakt mörker och hur jag liksom föll tyngdlös ner i ett svart hål. Och sen vakande

jag här. Precis som du.

Man2: Vem bar ner oss då? Något måste ju ha gjort det.

Man1: Jag vet inte. En sak är i alla fall säker, han räddade våra liv, för

ingen kan ha överlevt däruppe. De har hållit på att bomba i flera timmar.

Man2: Undra vart han tog vägen? Jag menar varför stannade han inte kvar

här hos oss i säkerhet?

Man1: Han kanske trodde att han kunde rädda fler och gick upp igen,

men...ja, du vet...

Man2: Stackarn. Jag skulle så hemskt gärna vilja trycka hans hand och

tacka honom för vad han gjorde.

Man1: Det är ganska ironiskt. Att vi skulle överleva medan vår räddare

omkom.

Man2: Vad menar du med ironiskt?

Man1: Du tror väl inte att han skulle ha räddat oss, om han visste vad vi

hade gjort?

Man2: Inte vet jag! Men varför skulle vi berättat det?

Man1: Nä, det är klart. Men jag tycker ändå det är lite ironiskt. Jag menar

om det nu finns en Gud, varför lät han oss leva medan den som räddade

oss dog?

Man2: Du har väl aldrig trott på Gud.

Man1: Nä, men man undrar ju ibland.

Man2: Hur kan du förresten veta att han förtjänade att leva? Han hade

kanske mer på sitt samvete än vad vi har tillsammans.

Man1: Du menar att våra samveten är helt vita, eftersom vi aldrig har

använt dem?

Man2: Hittade du på den själv eller?

Man1: Nej, jag läste den i en bok för länge sedan.

Man2: Du menar innan du träffade mig.

Man1: Ja.

Man2: Vad sysslade du egentligen med innan vi träffades? Jag menar nu har vi hängt ihop i...hur många år det nu?...tio år...tio år! Är det verkligen sant?

Man1: Det kan nog stämma.

Man2: Tänk dig tio år! Vad tiden har rusat iväg. Ja, du har i alla fall inte öppnat en bok så länge vi har känt varandra och varje gång vi har kommit in på ditt förflutna så har du bytt ämne.

Man1: *Reser sig upp och går mot dörren.* Ska vi inte försöka ta oss upp nu. Det börjar kännas instängt här nere och gud vet vad klockan kan vara.

Man2: Som sagt så byter du ämne. Men du har nog rätt vi ska nog försöka ta oss härifrån. Vänta så ska jag hjälpa dig med dörren. *Reser sig upp.*

Man1: Glöm inte bytet bara.

Man2: Bytet? Det har väl du?

Man1: Jag! Det var ju du som hade det sist.

Man2: Det är sant, men jag har det inte nu.

Man1: Har du slarvat bort det!?

Man2: Jag var ju för fan medvetslös. Varför höll inte du ett öga på det då?

Man1: Jag!? Jag var ju helt borta!

Man2: Vem som helst kan ha tagit det alltså. Till och med vår ädla räddare, som du verkar hysa så stor respekt för.

Man1: Tog den djävulen pengarna, då förtjänade han att dö!

Man2: Det kan ju förstås ligga kvar där uppe. Om vi tappade det vill säga.

Man1: Då är det förmodligen begravt under några ton sten vid det här laget.

Man2: Får du upp dörren någon gång?

Man1: Den sitter fast. Kom hit och hjälp mig. *Bägge männen försöker öppna dörren men förgäves.*

Man2: Djävla dörrhelvete!

Man1: Lugna ner dig. Spar på krafterna. Vi försöker igen. *De försöker förgäves att öppna dörren.*

Man2: Satan också! Hur ska vi nu komma ut!

Man1: Det måste vara någonting utanför som blockerar den.

Man2: *Börjar banka och sparka på dörren.* Hjälp oss! Vi är inspärrade här! *Man1 börjar också slå på dörren.* Släpp ut oss! Öppna dörren! *Efter ett tag tröttnar de och sjunker ner på golvet vid dörren.*

Man2: Det är hopplöst, ingen hör oss. Vi är fångna här nere.

Man1: Ta det lugnt! Man hittar oss snart ska du se.

Man2: Men om det inte finns några överlevande då?

Man1: Jag vet inte. Vi får vänta och se.

Man2: Vore det inte för den där jävla kärringen, så skulle vi aldrig ha hamnat här.

Man1: Ja sa ju åt dig att binda henne ordentligt.

Man2: Det gjorde jag ju.

Man1: Hur lyckades hon ta sig till telefonen och ringa efter snuten då?

Man2: Inte fan vet jag! Men jag fixade det i alla fall.

Man1: Du menar att du fixade henne?

Man2: Ja, det var ju det jag sa.

Man1: Du sa fixade det, för mig betyder det att du klarade biffen, men du döda henne ju.

Man2: Ja, jag fixade det. Det var ju det jag sa!

Man1: För mig är fixade och fixade det två helt skilda saker.

Man2: Menar du att jag inte skulle ha dödat henne?

Man1: Nä, nä! Hon fick vad hon förtjänade. Vi hade ju sagt åt henne att hålla käften och inte röra sig, så skulle inget hända....

Man2: Men skulle vi inte fixa henne i vilket fall som helst? Vi kom ju överens om att inte lämna några vittnen.

Man1: Jo, men det visste inte hon om. Utan hon skulle absolut spela hjälte på gamla dar.

Man2: Ja och då fixade jag det.

Man1: Fixade henne! Det heter fixade henne.

Man2: Spela det nån jävla roll vad det heter! Jag dödade henne helt enkelt!

Man1: Förlåt mig. Ta det inte personligt. Du vet hur jag är med uttryck och så. Det är en gammal vana jag har.

Man2: Ovana snarare.

Man1: Låt oss inte bli ovänner nu. Kärringen är död, det är ingenting vi kan ändra på. Förresten har vi viktigare saker att ta i tu med. Hur vi ska ta oss ut till exempel?

Man2: Har du hört något?

Man1: Nej, det har varit tyst som i graven, sen de slutade bomba.

Man2: Säg inte graven, det får mig att rysa.

Man1: Förlåt det var inte meningen. Vi kanske skulle försöka med dörren igen?

De försöker öppna dörren. Efter några misslyckade försök övergår de istället till att banka och sparka på dörren och försöker påkalla uppmärksamhet utifrån. Släpp ut oss! Vi är instängda här! Hjälp! *De ger upp efter en stund och börjar frustrerade att gå omkring i bunkern, letande efter en annan utgång. Besvikna sätter de sig ner bredvid*

varandra på golvet under siffrorna 666.

Man1: Det verkar hopplöst. Vi är instängda.

Man2: Det här är värre än fängelset. Där hade man i alla fall en chans att

rymma.

Man1: Du menar som när vi träffades?

Man2: Ja precis! Vilken jävla dum fångvaktare, va? Hur jävla lättlurad som

helst.

Man1: *Spelar upp.* Skynda dig! Han håller på att kvävas! Ser du inte att

han håller på att dö! Öppna dörren då! Han dör ju för helvete!

Man2: Ha! Ha! Och han var så jävla grön att han öppnade och då, pang!

Fick han så han teg, eller hur?

Man1: Ja, och sen var det bara att hoppa ut genom ett fönster och kuta för

allt vad man var värd.

Man2: Det var tider det. Vad var det egentligen du satt inne för? Det har du

aldrig berättat.

Man1: Du har alltid undrat vad jag sysslade med innan vi träffades, eller

hur?

Man2: Det är väl klart, men du har aldrig berätta något.

Man1: Jag har aldrig tyckt att ha varit något att skryta med.

Man2: Äh, kom igen nu! Låt mig höra för en gångs skull.

Man1: Det är egentligen inget märkvärdigt. Jag läste på universitetet och

var kassör i en studentförening. På kvällarna ägnade jag mig åt diverse

spel och dobbel, som gick mindre bra och för att inte hamna i svårigheter

med mina bookmakers så förskingrade jag föreningens kassa och

förfalskade en namnteckning för att få ut en försäkring. Men innan jag hann lämna landet med pengarna grep polisen mig och så träffades vi. Ja, resten vet du ju.

Man2: Varför har du inte berättat det tidigare? Jag menar det var ju inte några häpnadsväckande avslöjanden du kom med. Jag som trodde att du minst hade dödat din familj eller nåt i den stilen.

Man1: *Lågt.* Det var vad jag gjorde också.

Man2: Va?

Man1: Äh, det var så här. Försäkringen var en livförsäkring som jag hade tecknat i min fars namn över min familj, ja och sen satte jag helt enkelt eld på huset för att få ut pengarna.

Man2: Hur gick det då? Fick du ut pengarna?

Man1: Visst! Men sen kom snuten och grep mig för mordbrand.

Man2: Vilken otur alltså! Men det förklarar ju en hel del. Jag har alltid undrat hur du kunde döda den där flickan så kallblodigt när vi gjorde vår första stöt tillsammans.

Man1: Hon tänkte ju ropa på hjälp! Jag blev tvungen att handla snabbt.

Man2: Det förstår jag ju, men det hade ju räckt med att du hade slagit ner henne. Skära halsen av henne var väl att ta i.

Man1: Att sticka kniven i ryggen på en gammal tant är förstås mycket ädlare va!

Man2: Lugna ner dig lite. Jag menade ingenting med det jag sa. Jag blev bara så förvånad över det du berättade. Låt oss prata om något trevligare va?

Man1: Förlåt mig. Det var inte meningen att brusa upp. Ha!

Man2: Vad är det som är så roligt?

Man1: Jag kom och tänka på en film jag såg en gång.

Man2: Ja, och?

Man1: Jo, den handlade om två personer, som liksom vi var instängda i ett rum och...i vilket fall som helst så var de varandras värsta fienderna och hatade varandra jättemycket och gick hela tiden varandra på nerverna. Det visade sig sedan att de hade hamnat i helvetet och var tvungna att leva med varandra för evigt i det där rummet.

Man2: Jag skulle ha dödat den andra på en gång.

Man1: Det gick nog inte eftersom de redan var döda. Det var liksom meningen att de skulle behöva stå ut med varandra för evigt.

Man2: Vi är väl inte ovänner heller? Vi har ju nästan aldrig bråkat under de här tio åren vi har hängt ihop.

Man1: Nej, det är ju annorlunda för oss så klart! Men vem vet, om vi blev tvungna att stanna här i evigheters evigheter så skulle vi nog också gå varandra på nerverna så småningom och i slutändan börja hata varandra.

Man2: Säg inte så. Förresten är ju en evighet en oändligt lång tid. Jag menar, även om vi blev dödsfiender så skulle det finnas oändligt mycket tid kvar för att reda upp alla problem på. Ja, och till slut så skulle alla problem vara uppklarade och utredda då skulle vi aldrig någonsin kunna bli ovänner igen. *Någon bankar utifrån på ståldörren.* Vad var det! *Man2 och Man1 reser sig upp. Det bankar igen. De springer fram till dörren och lyssnar.* Hallå! Hör ni oss!

Rösten: Jag hör er! Tack gode Gud för att ni äntligen har kommit för att rädda mig!

Man1: Vad menar han?

Rösten: Släpp ut mig härifrån!

Man2: Öppna dörren då!

Rösten: Jag kan inte den sitter fast. Det måste vara något på er sida som blockerar!

Man2: Här finns ingenting! Försök att dra allt du kan så knuffar vi på från det här hållet. *De trycker av alla sina krafter mot dörren utan att den rubbas.*

Man1: Det är lönlöst! Du får springa efter mer folk eller en svets eller något, så vi kommer ut någon gång.

Rösten: Det är ju jag som ska ut!

Man2: Är utgången blockerad på din sida?

Rösten: Jag får ju inte upp dörren har jag ju sagt!

Man2: Jag menar är vägen ut blockerad?

Rösten: Är du dum eller? Det här är ju utgången.

Man1: Vad pratar han om?

Man2: Jag vet inte. Vad menar du? På den här sidan är det bara ett skyddsrum. Den enda vägen ut är genom den här dörren.

Rösten: Är du säker? På den här sidan är det också ett skyddsrum och den enda utgången är den här förbannade dörren.

Man1: Utgången måste vara på din sida. Du kanske inte ser den eftersom den är blockerad. Den har kanske rasat igen?

Rösten: Det finns ingen annan utgång har jag ju sagt! Jag har undersökt hela rummet från golv och tak. Inte ens en fjärt skulle kunna ta sig ut härifrån. Utgången måste vara på er sida!

Man1: Struntprat. Det måste ju finnas en utgång vi har ju kommit in på något sätt.

Rösten: Inte från min sida i alla fall! *Glödlampan slocknar. Endast siffrorna 666 lyser eldröda i mörkret.* Vad är det som händer!

Man1: Ljuset slocknade!

Rösten: Aj!

Man2: Vad är det!

Man1: Aj!

Man2: Vad är det!

Man1: Något bet mig!

Rösten: Aj! Släpp mig! Det gör ont! Aj!

Man2: Aj! Vad var det!

Man1: Aj! Ta bort det!

Rösten: Neeeej! Aj! Sluta!

Man2: Vad är det som händer!

Rösten och Man1: Aaaj!

Man2: Vad är det för ett helvete vi har hamnat i!?

Plötsligt börjar de tre männen oavbrutet skrika i mörkret, som om de hade drabbats av en outhärdligt smärta. Från bakgrunden tonar ett rått skratt upp och överröstar så småningom männens skrik.

Att höra, att tala

Den Döve: Jag är döv. Jag kan inte höra.

Den Blinde: Jag är blind. Jag kan inte se.

Den Döve: Tyst! Jag hör någon som kommer!

Den Blinde: Ja, jag ser!

Den Stumme kommer in.

Den Stumme: Jag är stum. Jag kan inte tala.

Den Döve: Vad säger han?

Den Blinde: Jag ser inte.

Den Döve: Vad vill du?

Den Blinde: Tala!

Den Stumme: Jag är stum, jag kan inte tala.

Den Döve: Han är kanske döv?

Den Blinde: Det ser så ut.

Den Döve: Han kanske är död?

Den Blinde: Det är omöjligt att avgöra.

Den Döve: Ja, omöjligt att höra.

Den Stumme skakar på huvudet.

Den Blinde: Låt mig se lite närmare.

Den Döve: Låt mig lyssna på hans hjärta.

Den Döve går fram till den Stumme och lyssnar på hans hjärta.

Den Blinde: Det här ser inte bra ut.

Den Döve: Hans hjärta hörs inte!

Den Stumme skakar energiskt på huvudet.

Den Blinde: Så synd!

Den Döve: En sån skam!

Den Blinde: Det är svårt att se.

Den Döve: Det är svårt att höra.

Den Blinde: Han är död!

Den Döve: Han är döv!

Den Blinde: Ja, död!

Den Döve: Döv!

Den Stumme skakar på huvudet och går.

Ett glas vatten

Scen: *En man kommer in till ett antikvariat.*

Antikvarien: Välkommen, vad kan jag stå till tjänst med. Ni är kanske ute efter något klassiskt verk? Vi har Odyssén, Iliaden och till och med Aeinden i bra utgåvor?

Kunden: Nä...

Antikvarien: Nä det är så klart. Ni vill förstås ha lite modernare böcker: Vad sägs om modernismens mästare som Franz Kafka, James Joyce eller Jean Paul Sartre?

Kunden: Nä jag...

Antikvarien: Ni kanske föredrar de stora ryska författarna, Tolstoj, Gogol eller Dostojevskij?

Kunden: Nä jag vill...

Antikvarien: Inte det heller. Då är det en deckare ni vill ha! Vi har Agatha Christe, Alistair Maclean, Forsyth och många många fler.

Kunden: Nä jag vill ha...

Antikvarien: Poesi! Naturligtvis är det poesi ni letar efter. Som tur är har vi ett mycket gediget utbud. Från Dante till Walter Withman, från Lucidor till Ekelöf. Det är bara att vraka och välja.

Kunden: Nä...

Antikvarien: Men vad är det ni vill ha då!?

Kunden: Ett glas vatten.

Antikvarien: Ett glas vatten? Den titeln är jag inte bekant med.

Kunden: Jag vill ha vatten.

Antikvarien: Vatten? Ja vatten ja! Vi har böcker om akvedukter i Rom, undervattensfotografering, vattendjur och vattenskador. Är det någon av dem som är intressant?

Kunden: Jag vill ha vatten att dricka!

Antikvarien: Om jag har förstått er rätt så vill ni inte ha några böcker?

Kunden: Nej, de släcker ingen törst.

Antikvarien: Böckerna är kunskapens källa, man kan dricka både djupt och länge ur dem, och det är sant som ni säger de släcker ingen törst, utan snarare uppväcker de en större törst inom en. Böcker är som brunnar fyllda med kunskap och tankar.

Kunden: I en dyig pöl virvlar mycket skit upp.

Antikvarien: Påstår ni att ett glas vatten skulle vara mer värt än alla dessa hyllor fyllda med kunskap?

Kunden: Utan vatten skulle det inte ha skrivits ett enda ord.

Antikvarien: Kanske det men ni kan väl ändå inte frånkänna de stora tänkarna deras betydelse för vår civilisation. Vad skulle vår värld ha varit utan de stora giganterna som Kant, Schopenhauer och Wittgenstein?

Kunden: Ett hav är stor och djupt, men dess vatten odrickbart.

Antikvarien: Vad säger ni människa! Anklagar ni dess genier för att vara oläsbara!?

Kunden: Jag säger bara att jag vill ha ett glas vatten.

Scen: *En man kommer till en hittegodsinlämning.*

A: Ursäkta mig.

B: Ja, vad kan jag stå till tjänst med?

A: Jag skulle vilja göra en förlustanmälan.

B: Ett ögonblick bara så ska jag ta fram ett formulär. Så där ja. Får jag nu be er att beskriva det borttappade föremålet.

A: Beskriva?

B: Ja, vi behöver naturligtvis veta hur det ser ut annars blir det ju svårt att veta om vi har hittat det, när vi hittar det, om ni förstår vad jag menar? Nå hur skulle ni vilja beskriva det borttappade?

A: Som mig själv förmodar jag.

B: Det är alltså frågan om ett porträtt?

A: Nä inte alls!

B: Ett fotografi då?

A: Nä inte det heller.

B: Det är kanske en för länge sedan försvunnen tvillingbror som ni vill efterlysa.

A: Nä, tack!

B: Då förstår jag inte. Vad är det egentligen ni har tappat bort?

A: Mig själv.

B: Men ni står ju här livs levande framför mig, eller hur?

A: Vi står alla någonstans, men någonstans längs den väg som vi kallar livet har vi tappat bort en del av oss själva.

B: Och så en dag upptäcker man förlusten?

A: Ja, en tomhet som gnager inom en, och så börjar man leta. Först lite rådvill, planlöst, låter man slumpen styra ens vägval. Sedan blir letandet intensivare, allt mer målinriktat. Systematiskt går man igenom sitt liv för att se var man förlorade sig själv. Men allt eftersom tiden går och ens letande förblir resultatlöst, växer desperationen och ångesten inom en. Tills man en dag springer rotlös och hemlös omkring i en cirkel, vändande och vridande på samma minnen om och om igen, och ingenstans kan man finna det man söker.

B: Den som söker skola finna.

A: Allt utom det han söker efter.

B: Vad förväntar du dig, att man ska finna näckrosor i en öken, eller vita lakan i en kolhög? Står man och väntar på tåget vid en busshållplats, ja då lär man få vänta!

A: Men var ska man söka då?

B: Där man mest fruktar.

A: Jag bävar redan.

B: Bra, ni har redan börjat vandringen.

A: Jag förstår inte, vart är jag på väg.

B: Till badrumsspegeln. Till badrumsspegeln min vän.

Vem äger din skugga?

Scen: *Några människor står och väntar vid en busshållplats.*

A: Ursäkta, men ni står på min skugga.

B: Va!?

A: Ni står på min skugga.

B: Och?

A: Jag vill inte att folk ska stå på min skugga.

B: Varför inte det?

A: Eftersom det är min egendom och jag ogillar att andra människor tar sig

friheter med sånt som jag äger.

B: Skulle skuggan var er egendom?

A: Naturligtvis, en skugga måste i alla fall ha en ägare, eller hur?

B: Jo, det är klart, men...

A: Och min skugga kan väl ändå inte tillhöra någon annan än mig?

B: Nä, det förstås...

A: Alltså är skuggan min och jag dess ägare, och ni står just nu på min

egendom...

B: Ja, ja! Jag ska flytta på mig då!

C: Kan ni inte hålla reda på er skugga.

A: Vad menar ni?

C: Ser ni inte att er skugga är på mina skor? Ni har ju redan erkänt att ni är

skuggans ägare. Så då måste ni också vara den som har det personliga

ansvaret över vad er skugga tar sig till.

A: Man kan väl inte styra sin skugga heller?

C: Det vet jag ingenting om. Jag vet bara att ni har erkänt att skuggan är er

och att den nu är på mina skor, något som jag starkt ogillar.

A: Ja, ja! Jag flyttar på mig då!

D: Ursäkta min herre, men nu är er skugga på mina skor.

E: Ja, och nu på mina!

A: Ja, ja! Jag fattar vinken. Jag äger inte min skugga då. Är ni nöjda nu!

D: Men säg mig då min herre. Vem äger er skugga?

Ordförande: Kamrater! Situationen har länge varit spänd och ohållbar. Våra krav har inte uppfyllts. Man har vägrat att lyssna på oss! Vårt tålamod har varit stort, men nu får måttet vara rågat! Det är dags att agera och markera vår ståndpunkt. Vi har därför kallat till detta extramöte för att besluta om vi ska gå ut i generalstrejk eller inte. Representanterna från de olika förbunden kommer först att tala och därefter kommer vi att rösta i frågan. Första talare är herr Gran representant för Skogsförbundet.

Granen: Kamrater! Se på mig och mina närmaste gran(n)ar. Inte trodde man att man skulle bli flintskallig vid så här unga år! Inte ett barr har jag kvar på hela kroppen, utan tvingas stå här torr och kvistig och skämmas inför er alla. Hela situationen är så deprimerande, man känner sig tung i roten rent ut sagt. Helst skulle man ju vilja flytta, men det är ju här i Jorden man har sina rötter. Man var allt bra ung och grön när man beslöt sig för att slå rot här, ja, så här efteråt känner jag mig som en riktig träskalle. Och nu får man inget jobb heller, varken inom skogsindustrin eller ens till jul. Nä, man blir riktigt sur, när inte en kotte bryr sig. Jag tror inte allmänheten har fattat ett barr. Det här är ju ett problem med många förgreningar och än har vi inte sett toppen. Därför kamrater kommer vi från Skogsförbundet att rösta för en generalstrejk på Jorden.

Ordförande: Tack för det herr Gran. Havets representant har nu ordet.

Havet: Jag håller med herr Gran! Vi måste gå till botten med problemet, innan vi har tagit oss vatten över huvudet. Människan tror att problemen försvinner så länge man inte kan se dem och så dumpar hon avfallet i havet. Människan har redan fyllt Marianergraven med sina rostiga gifttunnor. Att världshaven stiger beror inte, som många tror på växthuseffekten utan på Archimedes princip. Det vill säga att på en dumpad gifttunna verkar en uppåtriktad kraft som är lika stor som tyngden av den undanträngda vattenmassan. Jag kan dock lova er, och jag vet att jag talar för alla hav och andra vattendrag, att vårt tålamod är slut och att havet kommer att ge igen.

Ordförande: Tack Havet. Nästa talare är Jordförbundets representant fröken Berg . Varsågod.

Berg: Tack herr ordförande. Havet har vår fulla sympati. Länge nog har vi också fått tagit i mot skit ifrån människorna. Man har rotat i vårt allra innersta och underminerat vår ställning på Jorden. Vi har blivit pumpade fulla med kemikalier och medan vi har varit omtöcknade av alla drogerna har man våldfört sig på oss och stulit våra ägodelar. Denna hänsynslösa rovdrift och exploatering av våra medlemmar måste genast stoppas. Men hittills har våra krav inte fallit i god jord. Berget har blivit tvungen att komma till människan, men nu får det vara slut på det! Kamrater! Hädanefter blir människan tvungen att komma till berget!

Ordförande: Tack fröken Berg. Jag lämnar ordet till siste talare, herr Moln från Himmelska förbundet.

Moln: Herr ordförande! Kamrater! Vi har hört fruktansvärda beskrivningar från våra medlemsförbund om vanvård, utnyttjande, övergrepp och rena slavkontrakt. Som representant från det Himmelska förbundet kan även jag intyga om liknande förhållanden. Molnen har länge blivit utsatta för illojal konkurrens från människornas fabriker som spyr ut artificiella moln på löpande band. De är av undermålig kvalité och klarar inte av miljökraven, men har ändå lagt nästan hela marknaden under sig. De små vita fluffiga molnen har helt försvunnit från himlen och inte ens de stora svarta regnfyllda åskmolnen har kunnat hävda sig utan har tvingats ut i arbetslösheten. Situationen är katastrofal för våra medlemmar. Inte ens stjärnorna och månen kan längre utföra sina jobb eftersom de inte syns på natthimlen för all smog och rök. Vi yrkar därför på krafttag mot människans nedsmutsning och pirattillverkning av moln!

Ordförande: Tack herr Moln. Jag vänder mig nu till de församlade och frågar om ni bifaller styrelsens förslag om att gå ut i generalstrejk på Jorden.

Församlingen: Ja!

Ordförande: Församlingen bifaller således styrelsens förslag. De olika förbunden har redan förberett stridsåtgärder för morgondagen. Jordförbundet kommer att anordna jordbävningar mellan 8 och 10, och mellan 10 och 12 kommer haven att ha översvämningar, därefter kommer himlen att ordna snöstorm med orkanvindar fram till tre och på kvällen kommer vi att anordna en gemensam kraftdemonstration. Jag kan också meddela att solen kommer att gå ut i sympatistrejk med oss i morgon och stänga av all ljus och värme till jorden från och med i morgon bitti. Vi får hoppas att människan inser allvaret bakom våra krav och tar sitt förnuft till fånga. Erfarenheten säger dock att det kan bli en utdragen konflikt, men en sak kan jag lova er redan nu kamrater, och det är att vi inte kommer att vika oss förrän våra krav är helt uppfyllda! *Församlingen applåderar högljutt.*

Triptyk från ett välfärdssamhälle

Scen 1: Akutmottagningen någonstans i Sverige.

Sjuksyster: Nr 48. Nr 48! Är det ingen som har nummer 48!!

Patienten: Tack gode gud! Äntligen! Jag tror jag dör. Det är svårt att

andas, hugger i bröstet och strålar ut i högra armen...

S: Det låter som om ni har fått en hjärtinfarkt.

P: Å herregud! När får jag träffa en läkare? Jag har redan suttit och väntat

i 6 timmar...

S: Ja, ni har tur idag är det inte så mycket folk.

P: Snälla hjälp mig innan jag dör.

S: Så ja. Ta det lugnt nu. Ni förvärrar bara situationen om ni hetsar upp er.

Vänta så ska vi se vad vi kan göra. Undersökning av misstänkt hjärtinfarkt

med eventuellt återupplivningsförsök, inklusive ett återbesök, det blir.

45.000 kronor exklusive moms. Kontant eller kort?

P: 45.000. Vad menar ni? Det kan inte stämma!

S: Jo, det stämmer. Det är en marknadsmässig prissättning på vårt

tjänsteutbud och eftersom ni har varit förståndig nog att besöka

akutmottagningen under kontorstid så slipper ni ett 35% påslag för

obekväm vårdersättning. Det är väl bra?

P: Men jag har inte så mycket pengar! Men man kan väl dela få dela upp

betalningen på något sätt?

S: Tyvärr, vi erbjuder inte delbetalningar för akutbesök. Vårt kreditbolag

anser att det är en alltför stor risk. Folk kan ju dö innan de har betalt sin

räkning, om ni förstår vad jag menar. Men ni har kanske ett

vårdfondkonto?

P: Vad är det?

S: Låt oss säga att ni sedan 1 års ålder har sparat 500 kronor i ett vårdfondkonto då skulle ni vid 65 års ålder kunna använda ert vårdfondkonto för betala för t ex en bypassoperation och eftervård. Förutsatt att ni inte har varit sjuk innan och utnyttjat kontot, och att ert vårdfondkonto haft en positiv utveckling på börsen med en genomsnittlig tillväxt på 4% årligen.

P: Nä det har jag inte. Jag måste verkligen få träffa läkaren nu. Jag känner mig väldigt yr och svag...

S: Vad har ni för akutläkare?

P: Akutläkare?

S: Ni har väl valt akutläkare?

P: Måste man det?

S: Det förstår ni väl människa! Det är din medborgerliga skyldighet att välja en allmänläkare och en akutläkare. Alla medborgare har fått en blankett hem där man ska fylla i vilken läkare man vill ha och ange i vilken utsträckning man tänker anlita primärvård och akutvård inom den närmaste tio årsperioden. Hur tror du annars vi ska kunna planera sjukvården!? Det är oansvariga människor som ni som skapar köerna inom sjukvården. Ni tror att det bara är att komma hit och få vård va! Man måste planera sin sjukdom! Har ni ingen akutläkare då måste ni först välja en sådan innan ni kan få hjälp.

P: Hur då?

S: Hmm. Ja, ja. Det är hög tid nu va? Hade ni inte varit så allvarligt sjuk så... Om ni fyller i dem här blanketterna så omfattas ni av vår vårdgaranti fr om idag. Vilket innebär att ni garanteras att få träffa er egen akutläkare inom 3 månader. Träffa är väl kanske inte rätt ord, men ni får i alla fall prata med honom per telefon, eller om han inte har tid hans sjuksköterska, eller av henne anvisad utbildad vårdpersonal, ja det behöver inte vara någon färdigutbildad, utan det kan vara en håller på med sin utbildning, eller i alla fall har planer på att läsa till ett vårdyrke inom rimlig tid. Hur som helst skulle den person som ni får prata med inte kunna svara på er frågor så har vi en pengar-tillbaka-garanti, vilket innebär att ni slipper betala för telefonsamtalet som annars kostar 19,20 per minut.

P: Jag tror inte jag kan vänta så länge. Jag tror jag dör.

S: Oj då! Kära nån! Då återstår det bara att köpa en lott i det nationella vårdlotteriet.

P: Vårdlotteriet vad är det?

S: Eftersom vi har brist på organ och blod inom vården och köerna till sjukvård är så långa, beroende på såna som ni, så kan man köpa en vårdlott. Det går till så att man skriver ett kontrakt med sjukvården om att donera hela sin kropp till sjukvården samt att lämna ett antal liter blod under sin livstid. I gengäld får man en vårdlott, där det varje månad är en stor dragning i TV med många fina vinster, med allt från mediciner till plastikkirurgi och organtransplantationer.

Högtalarrösten: Klockan är nu 12.00 och akutmottagningen stänger för lunch. Vi öppnar åter klockan 13.00. Välkommen åter då.

S: Oj, vad tiden går. Nä nu måste jag kila på lunch. Gå ingenstans, jag är tillbaka om en timme och så ska jag berätta mer om vår fantastiska månadsfinal i det nationella vårdlotteriet!

Scen 2: En polisstation någonstans i Sverige.

En man kommer springande till polisstationen. Han tar tag i dörren och upptäcker att den är låst.

Mannen: Vad i helv.. *Börjar knacka på glaset på dörren.* Öppna! Öppna!

Polisen (Bengt): Det är stängt. Klockan är 5.

M: Någon har stulit min cykel!

P: Kom tillbaka i morgon. Vi öppnar klockan 8.

M: Jag vill anmäla ett brott! *Bankar på glaset.*

P: Vi kan ändå inte ta i mot några anmälningar efter 5.

M. Varför inte då?

P: Då blir det ju övertid. Det har vi inga pengar till.

M: Men tjuven cyklar ju där borta. Om ni skyndar er kan ni gripa honom på bar gärning.

P: Omöjligt. Jag är ensam här. Jag kan inte lämna polisstationen själv. Du får komma tillbaka imorgon och göra en anmälan.

M: Då tar jag fast honom själv.

P: *Öppnar dörren och sticker ut huvudet.* Stopp där! Några medborgargardesfasoner vill jag inte veta av. Jag varnar er, lägger er inte i det polisära arbetet, då kan jag bli tvungen att gripa er istället. Nu lugnar ni ner er och går hem och så kommer ni tillbaka imorgon och gör en anmälan. Är det förstått!

M: Ja, ja..

Dagen efter på samma polisstation.

Polisen (Bengt): Nr 49. Nr 49! Är det ingen som har nummer 49!!

Mannen: Jo jag! Min cykel är stulen! *Ironisk.* Igår kunde ni inte hjälpa mig men det går kanske bättre idag?

P: *Ointresserad*. Var parkerade ni cykeln?

M: Utanför Systembolaget.

P: Systembolaget! Var den låst!

M: Det tror jag väl.

P: Tror!

M: De höll ju på att stänga och jag hade lite bråttom. Jag kan ju inte svära på det men jag brukar låsa den.

P: Tycker ni inte att det är oansvarigt?

M: Vaddå?

P: Att lämna en olåst cykel i ett högriskområde.

M: Spelar det någon roll var jag ställde cykeln? Någon har ju stulit den!

P: Var bor ni?

M: På Trastvägen 4.

P: Trastvägen?! Det är ju bara 400 m från Systembolaget. Kunde du inte gå? Det var verkligen att utmana ödet. Du vet väl hur många cyklar som stjäls i det här landet? Det hade varit bättre om du hade lämnat cykeln hemma.

M: Du får det att låta som om det är mitt fel att någon har stulit min cykel.

P: Medborgare ska inte uppmuntra till brott och att parkera en olåst cykel utanför Systembolaget är rena brottsprovokationen enligt min mening.

M: Hade ni ryckt ut på en gång så hade cykeltjuven varit fast vid det här laget.

P: Om du hade gått till Systembolaget istället för att cykla hade cykeln aldrig blivit stulen från början.

M: Vad är det här för sätt? Jag vill göra en anmälan om cykelstöld. Det är väl inte jag som är brottslingen heller?

P: Som ni vill, men oansvarigt var det i alla fall. Fyll i den här brottsanmälan och säg till mig när du är klar.

M: *Fyller i blanketten.* Nu är jag klar.

P: Tack. *Stämplar anmälan med "Nedlagd" och ger tillbaka en kopia till mannen.*

M: Vad menas med det här! Varför stämplade du nedlagd på min anmälan: Vad betyder det?

P: Att förundersökningen har lagts ner. Du förstår väl att vi inte har några resurser att utreda småbrott som cykelstölder. Vi måste som alla andra prioritera vad vi ska använda våra pengar till.

M: Ska ni inte göra någonting! Jag såg ju vem som tog cykeln. Jag kan beskriva gärningsmannen.

P: Det spelar ingen roll. Vi lägger automatiskt ner alla brottsanmälningar som rör cykelstölder och liknande småbrott, på så sätt spar vi både tid och pengar som vi kan använda för att lösa allvarligare brott.

M: Som vad då misshandel?

P: Misshandel är ett mycket allvarligt brott. Tyvärr är det ofta komplicerade utredningar, det är ofta mörkt ute, dåligt med vittnen och alkohol inblandad. Vi har inga resurser att ägna oss åt sådana komplicerade utredningar av ringa brottskaraktär.

M: Men mord måste väl ändå prioriteras.

P: Naturligtvis. Vi ägnar i alla fall tre dagar åt att utreda mordfall. Ny statistik visar nämligen att om inte ett mord kan lösas inom tre dagar så är risken stor att det aldrig blir löst och därför lägger vi ner det, för vi vill ju inte riskerar att det tar polisära resurser i anspråk från vårt största och mest prioriterade arbetsområde.

M: Som är brottförebyggande åtgärder?

P: Administration.

M: Hur kan det blir någon administration om ni bara lägger ner utredningen på en gång?

P: En intressant fråga. Låt mig ta ett räkneexempel. En anmälan görs, den läggs ner. En kopia arkiveras, anmälan matas in i vår databas. Varje dag, vecka och månad görs sedan statistik över anmälda brott. Det låter inte så allvarligt. Men låt oss säga att varje anmälan tar 15 minuter att administrera. Det stjäls tiotusentals cyklar årligen och då pratar vi bara cyklar. Ser man till alla brott som begås i samhället totalt så skulle det tar oss 40 år att komma ikapp bara när det gäller att arkivera alla nedlagda anmälningar.

M: Så man kan alltså stjäla en cykel utan att det händer någonting?

P: Det skulle jag inte säga. Stöld är ett allvarligt brott, och inget som vi uppmuntrar till.

M: Men det händer ingenting?

P: Vi fördömer på det kraftigaste all form av brottslighet.

M: Men en cykeltjuv riskerar aldrig några konsekvenser för sitt brott?

P: Det är en tolkning som du får stå för. Nu får du ursäkta mig, det är många andra som vill göra en anmälan och du har redan överskridit dina 15 minuter med råge. Jag tycker att det är väldigt oansvarigt att dig att först låta någon stjäla din cykel och sedan står här och ta upp värdefull tid som vi kunde använda till något viktigare.

M: Som att lägga ner fler brottsanmälningar?

P: Precis! Adjö!

M: *Går ut från polisstationen.*

Polisman 2: Bengt! Det är någon som stjäl din cykel!

P: Vad i helvete! Ring efter förstärkningen, se till att få upp helikoptern så fort som möjligt och sätt upp väggspärrar runt hela staden. Utfärd risklarm och se till att den nationella insatsstyrkan sätts i högsta beredskap. Låt honom inte komma undan!

Polisman 2: Men Bengt behärska dig, du bränner hela vår årsbudget på en cykelstöld.

P: Men för faaan det är ju MIN cykel!

Scen 3: Kommunfullmäktiges sammanträde någonstans i Sverige.

Ordförande: Då var det punkt 50. Äldreboendet Solnedgången som trots rationaliseringar och omorganisationer fortfarande är olönsam ja rent ut sagt en ren förlust för kommunkassan. Några förslag på lösningar?

Siv: Det bäste skulle vara om vi kunde lägga ner hela skiten.

Ordförande: Jo det är klart men då blir det ett himla ståhej i media. Ja, ni vet hur det blir, då dyker den där Janne Josefsson upp och så blir det bara dålig publicitet för kommunen och så förlorar vi turistintäkter

Bengt: Skulle vi inte kunna hyra ut dem äldre? Jag menar det är många unga som idag saknar en mormor eller farfar. Man skulle kunna hyra en mormor för en vecka? Som kunde berätta om hur det var förr i tiden för barnen. Ja, det faktiskt många unga som aldrig har sett en riktig gamling i verkligheten. Ja och så slipper vi ju betala boende, mat och allt det där under tiden.

Ordförande: Det har vi redan provat, men det var inte så många som var intresserade av att lägga ut pengar på en senil 80-åring mormor eller gaggig farfar som pinkar i byxorna.

Sven: Det måste väl ändå finnas något EU-bidrag som man kan söka. Ja tänk om vi kunde byta, jag menar skicka våra gamlingar till Portugal och så tar vi mot ett antal ungdomar som får uppleva den svenska kulturen.

Ordförande: Vilken bra idé! Du menar ett generationsutbyte för att stärka den europeiska gemenskapen hos den enskilda medborgaren och vidga det europeiska perspektivet och samhörigheten mellan generationerna.

Sven: Ja just det och så kunde ungdomarna få jobba på min gård och plocka jordgubbar under sommaren, ja så att de får en relevant erfarenhet av den svenska arbetsmarknaden och den fria rörligheten i Europa förstås. Vi hittar alltid någon billig förvaring för de gamla i Portugal.

Odförande: Jättebra hör du. Du och Bengt kan väl titta lite närmare på det här och anlita någon av de vanliga konsulterna och göra en förstudie så länge. Är det någon annan som har någon idé hur vi ska lösa situationen på Solnedgången.

Maggan: Jag såg faktiskt en film igår kväll som var intressant. Det var ett framtidsscenarium där människorna var kopplade till en jättestor anläggning. Ja varje människa fungerade som ett slags batteri och drev en hel anläggning och då kom jag att tänka på Solnedgången.

Ordförande: Nu hänger jag inte riktigt med.

Maggan: Jo om man på något sätt kunde utnyttja den energi eller värme som gamlingarna alstrar och ta tillvara den. Jag vet inte hur mycket det kan bli, det får konsulterna titta på, men det kunde kanske räcka till att driva anläggningen när det gäller värme och el, ja man vet inte, kanske vi till och med kan exportera en del ut i fjärrvärme nätet.

Ordförande: Fascinerande! Att ingen har tänkt på det tidigare. Ja de ligger ju bara där i sina sängar medan värdefull energi gå till spillo.

Siv: Blir det inte en ganska dyr investering. Det krävs väl någon form av utrustning för att ta tillvara energin?

Ordförande: Hmm. Vi låter konsulterna titta på saken. Du och Maggan får vara ansvariga för utredningskommittén. Jag tror inte vi kommer så mycket längre idag med Solnedgången. Vi ska kanske gå vidare med nästa ärende. Punkt 51. Daghemmet Morgonrodnaden som trots rationaliseringar och omorganisationer fortfarande är olönsam ja rent ut sagt en ren förlust för kommunkassan. Några förslag på lösningar?

Siv: Det bäste skulle vara om vi kunde lägga ner hela skiten.

Sven: Det måste väl ändå finnas något EU-bidrag som man kan söka.

Bengt: Naturligtvis! Att vi inte har tänkt på det tidigare!

Ordförande: Vad då!

Bengt: Vi slår helt enkelt ihop Morgonrodnaden och Solnedgången till en enda enhet. Barnens föräldrar klagar ju jämnt på att det är så få vuxna på dagisavdelningarna och de på äldreboendet att ingen besöker dem. Om vi gör en integrerad omsorgsenhet med åldringar och barn så behöver vi bara ha en enda lokal. Barnen går ju hem på kvällen när de gamla ska sova och då vuxentätheten ökar på dagisavdelningen med flera hundra procent kan vi säkert skära ner några tjänster på den sidan.

Ordförande: Lysande. Briljant. Du är ett geni!

Sven: Ja och så kan vi söka EU-bidrag! Vi kommer att bli ett mönster för den integrerade Europeiska värdfärdsmodellen!

Siv: Men vad ska den nya enheten heta då?

Maggan: Vad sägs om "Dagsländan"!

Alla i kör: Ja, "Dagsländan" ska den heta!

Den gudomliga

En tom teaterscen. Utanför scenbilden till vänster hörs

tangentbordsknatter. Den gudomliga dikterar:

Den gudomliga: Scen I. En busshållplats. Två män står och väntar på

bussen.

Två män kommer in från höger. En av dem bär på en busshållplatsskylt.

De stannar mitt på scenen. Står och väntar på bussen.

Den gudomliga: Den ena mannen säger.

Man1: Vad ska vi göra?

Man2: Jag vet inte.

Man1: Varför går vi inte?

Man2: Vi kan inte. Vi väntar ju.

Man1: På vem då?

Man2: På Gustav.

Man1: Gustav? När kommer han då?

Den gudomliga: Nä, det blir inte bra. Jag måste vara mer rak på sak. Gå

direkt på ämnet så att inte publiken tröttnar och går hem. Jag får börja om

från början. En bra start är som sagt halva jobbet. *Tänker*. Scen I. Det är

natt med fullmåne. *Scenen mörknar. En fullmåne stiger upp.* Två män står

och betraktar månen, som i en tavla av Casper David Friedrich. *De bägge*

männen på scenen vänder ryggen mot publiken och betraktar månen.

Den ena mannen säger till den andra.

Man1: Vad väntar vi på?

Man2: På Gud!

Man1: Men det är ju söndag!

Man2: Än sen då, kan inte Gud komma på en söndag då?

Den gudomliga: Nej, nej! Det går inte! Det går inte! Nu var jag för tydlig. Jag måste försöka bygga upp en spänning så att publiken hålls kvar i ett fast grepp. Jag behöver en ny infallsvinkel, men samtidigt något välbekant. *Tänker.* Nu vet jag vad det är som saknas! Det måste vara jämvikt på scenen. Låt mig tänka...En ny scen. Två män och...två kvinnor...sitter runt ett bord. Ja! Ja det blir bra! *Det ljusnar på scenen. Månen försvinner. Två kvinnor kommer in från höger bärande på ett bord med fyra stolar. Männen och kvinnorna sätter sig runt bordet.* Den ena mannen säger plötsligt:

Man1: Vad väntar vi på?

Man2: På Gunnar.

Kvinna2: Varför inte Gudrun?

Man2: Gudrun? Vad menar du med det?

Kvinna2: Måste det nödvändigtvis vara en man vi väntar på? Kan det inte lika väl vara en kvinna och skulle hon då inte kunna heta Gudrun.

Man1: Men det står ju Gunnar i manuset.

Kvinna1: Och?

Man2: Vi måste i alla fall hålla oss till manuset!

Kvinna2: Varför då?

Man1: Vad ska publiken annars tro!

Kvinna1: De får väl tro vad de vill. Men jag tycker att vi ska vänta på Gudrun i alla fall.

Kvinna2: Jag håller med.

Man2: Det här är ju anarki!

Kvinna1: Bara för att vi i jämställdhetens namn vill vänta på en kvinna och inte på en man!

Man2: Nej, men ni går ifrån manuset! Det står ju Gunnar i manuset och då ska det banne mig vara Gunnar och inte Gudrun.

Man1: Nu tycker jag att vi börjar om. Och den här gången håller vi oss till manuset. Alltså. Vad väntar vi på?

Man2: På Gunnar.

Man1: När kommer han då?

Kvinna1: Varför har inte vi några repliker i den här pjäsen?

Kvinna2: Det undrar faktiskt jag också.

Kvinna1: Är det meningen att vi bara ska sitta här som små dockor och se söta ut medan ni diskuterar de stora existentiella frågorna?

Man1: Hur ska jag kunna veta det? Det får ni väl fråga författaren om.

Man2: Kan ni inte vara tysta någon gång, så vi hinner repetera igenom pjäsen?

Kvinna2: Jag bara undrar. Får man inte ens göra en reflektion nu för tiden? Vad är det för idé med att vi bara ska sitta här tysta som fån, medan ni diskuterar huruvida Gunnar tänker komma eller inte. Förresten tycker jag hela pjäsen är löjlig. Den där Gunnar kommer ju aldrig.

Kvinna1: Jag håller med dig.

Man1: Ja, ja, pjäsen kanske inte något mästerverk. Men det är i alla fall en pjäs som vi ska spela. Och nu tycker jag att vi börjar om från början. Åter igen. Vad väntar vi på?

Man2: På Gudrun...fan också jag menar Gunnar.

Kvinna1: Skulle vi inte hålla oss till manuset?

Man2: Va inte så jävla sarkastisk! Jag sa fel. Är du nöjd nu? Kan vi ta det från början igen?

Man1: Javisst. Vad väntar vi på?

Kvinna2: Det är typiskt män att aldrig dyka upp. Hade det varit en kvinna vi väntade på, så är jag säker på att hon skulle ha dykt upp vid det här laget.

Man2: Jag skulle nog vilja påstå motsatsen. Att pjäsen skildrar ett typiskt kvinnligt beteende att aldrig komma i tid, och låta kavaljererna vänta förgäves.

Kvinna1: Så du menar alltså att Gunnar egentligen är en kvinna?

Man2: Nä, jag menar bara att det är ett typiskt kvinnligt beteende att komma för sent.

Kvinna2: Så med andra ord är Gunnar en kvinnlig transvestit.

Kvinna1: En förklädd Gud.

Man2: Dra inte in Gud i det här!

Kvinna1: Varför inte?

Man2: Det står ingenting i manuset om Gud.

Kvinna2: Och? Det förstår ju vem som helst att Gunnar är en omskrivning för Gud.

Man2: Det står inte i manuset!

Kvinna2: Än sen då, måste det stå skrivet med röda bokstäver på din näsa för att du ska fatta att vi väntar på Gud.

Kvinna1: Du kan väl lägga till lite själv va?

Man2: Jag säger bara att det inte står i manuset att Gunnar är Gud och då tycker jag inte heller att man ska dra den slutsatsen. Utan våran roll är bara att gestalta det som står i manuset och inget annat.

Kvinna2: Herregud, man måste väl få tolka en text. Jag menar någon form av konstnärlig frihet måste man väl få ha?

Kvinna1: Vi är väl inga marionetter heller, som hoppar upp och ner beroende på hur någon osynlig mästare drar i trådarna?

Man1: Kan vi inte skärpa oss nu, va? Så vi hinner bli klara någon gång. Jag har faktiskt ett liv utanför den här scenen.

Kvinna2: Verkligen?

Man1: Ja, det har jag. Min fru väntar faktiskt på mig där hemma.

Kvinna2: Gudrun väntar på Gunnar.

Kvinna1: Ha, ha! Precis.

Man1: Hon heter inte Gudrun.

Kvinna2: Nä, hon heter väl Gunnar som i pjäsen.

Man2: Nu tycker jag att vi tar och skärper till oss. Vi har faktiskt ett jobb att sköta.

Man1: Just det. Nu börjar jag, och jag vill inte höra några fler lustiga kommentarer från er sida. Från början alltså. Vad väntar vi på?

Man2: På Gunnar.

Man1: När kommer han då?

Gunnar: *Gunnar kommer in från höger.* Hej på er nu är jag här!

Man2: Vem är du?

Gunnar: Gunnar.

Man1 & Man2: Va!?

Gunnar: Ja, alltså jag är Gunnar författaren till pjäsen. Jag skulle bara titta in och se hur det går med repetitionerna. Jag stör väl inte?

Kvinna1: *Till Kvinna2.* Är det här en del av pjäsen?

Kvinna2: Det står inte så i mitt manus i alla fall.

Man1: Nej, nej, för guds skull. Du stör inte alls.

Gunnar: Det var bra. Nå, hur går det?

Man2: Bra! Det går bara bra!

Gunnar: Det är inget ni vill fråga om? Några oklarheter, eller så?

Kvinna1: Det var en sak.

Gunnar: Ja, vad då?

Kvinna1: Varför kan vi inte vänta på Gudrun istället för Gunnar. Jag menar, varför måste det nödvändigtvis vara en man, kan det inte lika väl vara en kvinna?

Kvinna2: Ja, och hur kommer det sig att vi inte har några repliker?

Gunnar: Jag förstår inte riktigt? Det är meningen att ni ska vänta på en kvinna.

Kvinna1: Jaså, varför står det Gunnar i manuset då? *Visar Gunnar manuset.*

Gunnar: Jag förstår inte. Det måste ha blivit något fel när min sekreterare skrev ut det. Det ska vara Gunvor inte Gunnar. *Ursäktande.* Jag förmodar att de bägge se ganska lika ut med min handstil.

Man1: Är Gunnar en kvinna?

Gunnar: Ja, just det.

Man2: Menar du att det är en kvinna vi väntar på?

Gunnar: Ja, så klart, det är ju ett kvinnligt beteende att komma för sent. Så naturligtvis måste det vara en kvinna. Annars blir ju hela pjäsen ologisk.

Kvinna2: Varför har inte vi några repliker då?

Gunnar: Jag förstår inte riktigt vad du syftar på? Så klart ni har repliker.

Kvinna2: Inte i mitt manus i alla fall. *Visar Gunnar manuset.*

Kvinna1: Inte i mitt heller?

Gunnar: Det här är ju männens repliker. Har ni inte fått egna? Det ska nämligen finnas två uppsättningar manuskript. Ett med männens repliker och ett med kvinnornas.

Kvinna2: Nä, vi har bara fått de här.

Gunnar: Ja, ja, hur som helst så har jag med mig en extra kopia som ni kan få låna. Ni får samsas om den till jag har gjort nya. *Ser på klockan.* Nä, nu måste jag kila. Var det något mer innan jag rusar...*Skådespelarna skakar på huvudet, rycker på axlarna. Okej, hej då!. Gunnar går ut till höger.*

Kvinna2: Vad var det jag sa. Att det var en kvinna vi väntade på.

Man1: Ja, ja, ja, men hur skulle jag kunna veta det. Det stod ju Gunnar i manuset.

Kvinna1: Du kan väl tänka lite själv va! och inte bara blint lita på författaren som om han vore gudomlig eller så.

Man1: Jag kan ju inte bara börja improvisera när det står Gunnar i manuset.

Kvinna2: Det är typiskt män att vara så inflexibla.

Man2: Kan vi inte samla oss nu. Vad står det egentligen i era manuskript.

Man1: Ja, vad ska ni säga.

Kvinna1: Kan ni vara tysta då, så ska jag läsa vad det står. Så här står det: Scen I. En busshållplats. Två män står och väntar på bussen. Två män kommer in från höger. En av dem bär på en busshållplatsskylt. De stannar mitt på scenen. Står och väntar på bussen. Den ena mannen säger.

Författaren: Vad är det frågan om. Vad håller ni på med?

Man1: Förvånat. Vem var det där?

Man2: Ingen aning.

Författaren: Kommer ut från höger. Vad håller ni på med!?

Kvinna1: Vad menar du?

Man1: Vem är du?

Författaren: Jag är författaren.

Kvinna2: Jag trodde det var han som var här alldeles nyss.

Kvinna1: Ja, är det inte Gunnar som är författaren?

Författaren: På sätt och vis. Han är författaren i pjäsen. Men jag är författaren till pjäsen.

Man2: Jag förstår inte?

Författaren: Det är mycket enkelt. Gunnar spelar rollen författaren i pjäsen som jag har författat.

Kvinna2: Jag hänger inte riktigt med. Är Gunnar inte författaren till den här pjäsen?

Författaren: Jo, han har författat pjäsen som ni repeterar.

Kvinna1: Men vem är du då?

Författaren: Det har jag ju förklarat. Jag är författaren som har skrivit pjäsen där Gunnar är författare.

Kvinna2: Förlåt om jag verkar lite dum, men om Gunnar nu är författaren i den pjäs som vi repeterar varför finns han inte inskriven i våra manus.

Bläddrar i manuset.

Man2: Ja, det undrar jag också.

Författaren: Det är väl solklart. Ni repeterar ju en pjäs. Inte kan författaren till pjäsen vara inskriven i pjäsen som ni spelar, då blir det ju metateater. Teater om teater!

Man1: Men är det inte redan metateater. Jag menar författaren till pjäsen är ju med i pjäsen, alltså är det redan teater om teater.

Författaren: Han är ju inte med i pjäsen som ni repeterar, eller hur?

Kvinna1: Inte? Han var ju här alldeles nyss.

Författaren: Ja, därför att han är författare till pjäsen som ni håller på att repetera.

Kvinna2: Så du är inte författaren då, eller?

Författaren: Jo, det är jag som har skrivit den här pjäsen.

Kvinna2: Du sa ju att det var Gunnar som hade skrivit pjäsen.

Författaren: Jag blir tokig. Jag är författaren till hela pjäsen, Gunnar har bara skrivit den del som ni håller på att repetera.

Man2: Du menar att Gunnar har hjälp dig?

Författaren: Hjälp mig?! Han är ju bara en karaktär. Han kan ju inte skriva några pjäser.

Man1: Ändå är det precis det du påstår att han har gjort.

Författaren: Jag blir knäpp! Så här är det. Jag är författare. Jag har skrivit en pjäs, som handlar om några personer som repeterar en pjäs då plötsligt författaren till pjäsen dyker upp. Förstår ni?

Kvinna2: Du menar att du är här, eftersom det står så i pjäsen?

Författaren: Nej! Nej! Det är Gunnar som dyker upp!

Man1: Jag fattar ingenting. Det är alldeles för invecklat för mig.

Kvinna1: Om du nu är författaren, så skulle jag vilja veta varför vi ska vänta på Gunnar eller Gunvor eller vem det nu är. När han eller hon aldrig kommer. Vad är det för mening med det?

Författaren: Det är ingen mening med det. Det är inte det som är det väsentliga i pjäsen.

Kvinna1: Vad är det då?

Författaren: Att Gunnar kommer in i pjäsen och diskuterar den med er. Det är metateater. Det är det som är väsentligt.

Man1: Men då är det ju metateater i alla fall. Varför sa du då att det inte var det?

Författaren: Pjäsen som Gunnar har skrivit är en vanlig pjäs, medan däremot den pjäs jag har skrivit handlar om metateater.

Kvinna2: Vilken pjäs är det vi repeterar då?

Författaren: Min pjäs så klart!

Man2: Så vi ska inte bry oss om Gunnars pjäs då?

Författaren: Förstår ni inte! Det är jag som har skrivit allting. Gunnar är bara en produkt av min fantasi.

Kvinna1: Jag tycker i alla fall Gunnars pjäs är bättre. Nu när han har förklarat att det är en kvinna som vi väntar på.

Kvinna2: Ja, det tycker jag också.

Författaren: Det är ingen kvinna ni väntar på. Utan Gunnar!

Kvinna1: Gunnar sa ju att det var en kvinna.

Kvinna2: Ja, Gunvor.

Författaren: Så här är det. Den pjäs som ni repeterar är en parafras på Samuel Becketts "I väntan på Godot". I Becketts pjäs väntar två luffare på Godot, som kan tolkas som en symbol för Gud. I Becketts pjäs dyker dock aldrig Godot upp utan de två luffarna får vänta förgäves. I den pjäs som ni repeterar väntar ni på samma sätt på Gunnar, men till skillnad från Becketts pjäs, så dyker Gunnar upp.

Kvinna1: Vänta här nu! Gunnar dyker ju inte alls upp! Det framgår ju alldeles tydligt i manuset. Det står ju till och med på sista sida. *Läser ur manuset.* "Eftersom Gunnar", jag menar Gunvor, "aldrig dyker upp, går de två männen och de två kvinnorna hem".

Författaren: I Gunnars manus ja, men inte i mitt manus, där dyker Gunnar upp och under diskussionen med skådespelarna, det vill säga ni, framkommer det att ni väntar på Gunvor och inte Gunnar som ni trodde från början. Ni får också veta att replikerna till de kvinnliga rollerna saknas, eller hur?

Man1: Men eftersom vi egentligen väntar på Gunvor och inte Gunnar, hur kan du då påstå att den vi väntar på kommer? Jag menar Gunvor kommer ju aldrig.

Författaren: Ni vet ju inte att det står fel i manuset förrän Gunnar kommer. Det är först då ni blir informerade om det är Gunvor ni väntar på. Tills dess är det Gunnar ni väntar på och han dyker ju upp, eller hur?

Man1: Men inte Gunvor, eller...hon kommer kanske senare?

Författaren: Nej! Nej! När ni har fått de kvinnliga replikerna av Gunnar, så repeterar ni igenom hela pjäsen och eftersom Gunvor aldrig kommer går ni hem. Ridå. Punkt slut.

Kvinna1: Det är ju bara ett problem.

Författaren: Vad då!?

Kvinna1: Vi har inte fått våra repliker än.

Kvinna2: Nä, just det. I manuset vi fick av Gunnar är det inga kvinnor med.

Kvinna1: Det är inte ens samma pjäs. Utan handlar om två män som står och väntar på bussen, för de ska åka och hälsa på sin bästa vän Gustav...

Kvinna2: men eftersom bussen aldrig kommer beslutar de sig för att ta en taxi till Gustav.

Författaren: Får jag se! *Rycker till sig manuset. Förvirrad.* Hur har Gunnar fått tag i det här?

Man1: Kan vi inte fortsätta med repetitionen nu. Jag måste snart gå.

Kvinna2: Ja, hur blir det. Får vi några repliker eller?

Författaren: Jag har dem inte. Det var ju Gunnar som skulle ha dem.

Man1: Har du dem inte? Men är det inte du som är författaren till hela pjäsen?

Författaren: Jo, det är klart.

Man1: Om nu Gunnar är en del av din pjäs, borde inte du då som yttersta ansvarig känna till alla replikerna?

Författaren: Jo, men...jag har dem inte! Jag kan inte ens komma ihåg att jag har skrivit några. Det är det som är det konstiga.

Kvinna1: Hur ska vi då kunna repetera klart pjäsen om hälften av replikerna saknas?

Författaren: Jag vet inte. Jag borde ju veta det men...

Kvinna2: Är det inte bara att skriva nya då? Så vi får gå hem någon gång.

Författaren: Skriva nya!? Det kan jag inte!

Kvinna1: Ja, men herregud! Du är ju författaren. Du kan väl ändra på manuset bara. Det är väl ingen stor sak.

Man1: Ja, du får väl improvisera lite.

Författaren: Ni förstår inte. Jag kan inte. Jag kan inte...*Sjunker förtvivlat ihop.*

Kvinna1: Vad ska vi göra nu då?

Man1: Jag måste kila snart annars blir frugan tokig.

Man2: Kan vi inte bara dra igenom pjäsen snabbt med dem repliker som vi har så vi får något gjort i alla fall?

Kvinna1: Vad ska vi göra då?

Man2: Tja! Ni får väl sitta stilla och se söta ut, eftersom någon tycks ha slarvat bort era repliker.

Man1: Är du beredd?

Man2: Ja då, kör hårt.

Man1: Vad väntar vi på?

Man2: På Gunnar.

Kvinna1: Ni kan väl åtminstone hålla er till manuset.

Man1: Vad menar du?

Kvinna1: Gunnar sa ju att det stod fel i manuset. Vi väntar på Gunvor och inte på Gunnar. Har ni redan glömt bort det?

Man2: Okej då. Gunvor. Är det något annan min sköna vill ändra på, jag menar nu när vi ändå håller på?

Kvinna1: Det räcker bra för mig.

Man2: Okej! Kör!

Man1: Vad väntar vi på?

Man2: På Gunvor.

Man1: När kommer han...hon då?

Gunvor: *Gunvor kommer in från höger.* Hej på er igen!

Man2: Vem är du?

Gunvor: Gunvor. Vem annars?!

Kvinna1: Känner vi er?

Gunvor: Känner mig!? Det är ju klart ni känner mig. Jag var ju här alldeles nyss. Kommer ni inte ihåg mig? *Skådespelarna skakar förvirrade på huvudena.* Underligt. I alla fall så fick ni fel manus när jag var här sist. Jag måste ha blandat ihop dem på något sätt. Här är i alla fall kvinnornas repliker som ni saknade. Än en gång så ber jag tusen gånger om ursäkt. *Författaren följer Gudrun med blicken.*

Man1: Vart tog Gunnar vägen?

Gunvor: Vem då?

Man1: Gunnar författaren till den här pjäsen.

Gunvor: Jag förstår inte vad du menar. Jag är författaren till pjäsen.

Författaren: Vem är ni egentligen människa!?

Gunvor: Jag!? Jag är författaren till den här pjäsen.

Författaren: Det är ni inte alls!

Gunvor: Inte? Jaså. Och vad vet du om det!

Författaren: Allt! För det är nämligen jag som har skrivit den här pjäsen och i den är det Gunnar som är författaren och inte ni!

Gunvor: Vem är Gunnar?

Författaren: Författaren till pjäsen så klart!

Gunvor: Nyss var det ju ni själv. Hur ska ni ha det egentligen!

Författaren: Jag vet inte vem ni är men en sak är helt klar, ni hör inte hemma i min pjäs. Så försvinn!

Gunvor: Försvinn själv. Ni stör repetitionerna.

Författaren: Jag!? Är ni galen! Ni vet inte med vem ni talar till.

Gunvor: Nähä, och med vem har jag den stora äran att tala med då?

Författaren: Jag är författaren!

Gunvor: Jaså den stora författaren. Har ni inget namn?

Författaren: Det är väl klart! Jag heter..Jag heter...Jag vet faktiskt inte.

Gunvor: En författare utan namn. Det var märkligt!

Författaren: Herregud, jag vet inte vad jag heter!

Kvinna1: Ni måste väl heta något.

Författaren: Jag kommer inte ihåg. Jag vet bara att jag är författaren.

Man1: Ni kanske heter Gunnar som i pjäsen!

Man2: Ja, eller Gustav som i den andra pjäsen!

Författaren: Nä, det tror jag inte.

Kvinna2: Underligt: Jag menar alla vet väl vad man heter. Jag heter till

exempel..."kvinna två"...nä, så kan man väl inte heta?

Kvinna1: Ha, ha. "Kvinna två", det låter ju som en rollfigur i ett drama.

Kvinna2: Jag vet faktiskt inte vad jag heter.

Kvinna1: Det vet i alla fall jag. Jag heter "kvinna ett".

Kvinna2: Skulle det vara så mycket bättre då än "kvinna två"?

Kvinna1: Jag kan väl inte heta "kvinna ett", eller, kan man det?

Man1: Märkligt. Jag vet inte heller vad jag heter när jag tänker efter. Det

enda jag kommer på är "man ett".

Man2: Ja, och jag är "man två".

Gunvor: Ha! Där ser ni. Eftersom det är bara jag som har ett riktigt namn,

nämligen Gunvor, så måste följaktligen jag vara författaren till den här

pjäsen. Hur förklarar ni annars att ni inte har några riktiga namn?

Författaren: Bara för att vi inte minns vad vi heter så bevisar det ingenting. Jag vet i alla fall säkert att jag är författaren, så det så.

Gunvor: Bevisa det då!

Författaren: Bevisa det? Bevisa det själv.

Gunvor: Som du vill. Här har jag kvinnornas repliker till den pjäs som de repeterar.

Författaren: Det bevisar väl inget!

Kvinna1: Jo, det gör det. Du visste ju inte vad vi skulle säga.

Kvinna2: Nä, just det. Om du hade varit den riktiga författaren så skulle du ha vetat vilka replikerna var.

Gunvor: Just det! Det kan bara den riktiga författaren veta. *Delar ut manuset till kvinnorna.* Varsågod här är era repliker, så ni kan fortsätta med repetitionen.

Kvinna1: *Läser manuset.* Är det här ett skämt. Det står ju inget!

Kvinna2: Papperet är ju alldeles blankt.

Gunvor: Får jag se! *Tar manuset.* Jag förstår inte. Jag måste ha förlagt det någonstans.

Författaren: Ha, ha! Och du skulle vara den riktiga författaren va!

Gunvor: Vänta här ett tag bara. Jag är snart tillbaka. *Går ut till höger.*

Man1: Undra vart Gunnar tog vägen egentligen.

Kvinna1: Är det inte underligt egentligen?

Man2: Vad då?

Kvinna1: Att när vi ändrade i manuset från Gunnar till Gunvor så dök Gunvor upp. Tänk om vi skulle ändra tillbaka till Gunnar, ja, då skulle han kanske dyka upp igen.

Författaren: Löjligt! Inte spelar det någon roll vad det står i manuset.

Man1: Inte? Vad ska man då med manus till överhuvudtaget? Då kan man ju göra hur som helst.

Författaren: Det var inte så jag menade, utan att man kan inte påverka vad som ska hända bara genom att ändra i manuset.

Kvinna1: Jag tycker i alla fall vi försöker.

Kvinna2: Det tycker jag också.

Kvinna1: Alltså. Vad väntar vi på?

Man1: Stopp där! Det där är ju våra repliker.

Man2: Ja, just det.

Kvinna2: Det kan väl inte spela någon roll vem som säger vad. *Till Kvinna1*. Ta det från början igen är du snäll.

Kvinna1: Vad väntar vi på?

Kvinna2: På Gunnar.

Kvinna1: När kommer han då?

Gunnar: *Gunnar kommer in från höger*. Hej på er igen!

Kvinna1 & Kvinna2: Hej Gunnar!

Kvinna1: *Till Man1 och Man2*. Nå, vad säger ni nu då?

Gunnar: Jag gav er fel manuskript sist, men nu är allt ordnat. Här har jag männens repliker.

Kvinna2: Du menar väl kvinnornas?

Gunnar: Nej, männens så klart. Kvinnornas har ni ju redan eller hur?

Kvinna1: Det har vi inte alls det här är ju männens...*Ser på manuset*...men, vänta nu...här står det att det är kvinnornas repliker!?

Gunnar: Ja, det var ju det jag sa.

Man1: Omöjligt! *Tar tillbaka manuset*. Men, men hur är det möjligt!? Jag är säker på att det stod männens repliker här förut, men nu står helt klart repliker till kvinna ett och kvinna två.

Författaren: Gunnar!

Gunnar: Ja? Vem är ni?

Författaren: Vad har du gjort av kvinnornas repliker!

Gunnar: Dom är ju här!

Författaren: Ljug inte för mig. Jag vet nog att du har slarvat bort dem.
Försöker du sabotera hela min pjäs va!? Du ska inte tro att du är någon.
Jag behöver bara knäppa med fingrarna så har du sagt din sista replik i
den här pjäsen.

Gunnar: Lugna ner dig lite va? Vad har det tagit åt dig! Vem tror du att du
är egentligen!?

Författaren: Vem jag är?! Jag är författaren och glöm inte bort det hörru
du!

Gunnar: Ja, ja! Ta det lugnt bara. Du är alltså författare? Trevligt att träffas.
Håller du på att repetera här i närheten eller?

Författaren: Det här är min pjäs!

Gunnar: Nej, nej. Det är min pjäs.

Författaren: Är du helt sinnessjuk! Det är ju för fan min pjäs! Du är ju bara
en produkt av min fantasi!

Gunnar: Du verkar ju helt ha tappat verklighetsförankringen. Det är jag
som har skrivit den här pjäsen.

Författaren: Ja, men det beror ju endast på att jag har skrivit att du har
skrivit den!

Gunnar: Jag vet inte vad det är för fel på dig, men en sak ska du ha
fullständigt klart för dig. Det är jag som har skrivit den här pjäsen, jag har
ju till och med manuset i min hand.

Författaren: Jaså, men det är ju fel repliker. Det är kvinnornas repliker som
saknas inte männens.

Kvinna1: Det där stämmer inte riktigt. På något konstigt sätt har vi fått repliker nu.

Man1: Medan våra å andra sidan saknas.

Författaren: Sluta upp med era förbannade lögner! Jag vet väl vilka som saknar repliker, jag har ju skrivit hela pjäsen själv!

Gunnar: Ja, ja, hur som helst så har i alla fall jag med mig några extra kopior av männens repliker som ni kan ta. *Männen tar i mot manuset. Gunnar ser på klockan.* Nä, nu måste jag kila. Var det något mer innan jag går?

Man1: *Läser manuset.* Är det här ett skämt. Det står ju inget!

Man2: Papperet är ju alldeles blankt.

Gunnar: Får jag se! *Tar manuset.* Jag förstår inte. Jag måste ha förlagt det någonstans.

Författaren: Ha, ha! Och du skulle vara den riktiga författaren va!

Gunnar: Vänta här ett tag bara. Jag är snart tillbaka. *Går ut till höger.*

Kvinna1: Jag tycker att det hela känns som deja vu.

Kvinna2: Jag håller med dig.

Författaren: *Ropar efter Gunnar.* Bedragare! Lögnhals! Jag ska skriva om din roll så att du kommer att framstå som en patetisk krälande slem...padda! Du ska inte komma här och tro att du är någon va! Du är bara en obetydlig marionett som hoppar upp och ner när JAG rycker i trådarna. En simpel mask som krälar i stoftet på MIN befallning. Jag är Gud! Hör du det jag är Gud i jämförelse med dig! *Vänder sig mot skådespelarna.* Hör ni det! Jag är er Gud, er skapare! Varför står ni där och gapar för?! Vad väntar ni på?! Sätt genast igång och repetera MIN pjäs!

Man1: Vi har ju inga repliker.

Man2: Halva pjäsen saknas ju!

Författaren: Ni fick ju kvinnornas repliker av Gunnar och männens hade ni sen förut. Så kom inte med sådana där undanflykter!

Kvinna1: Det verkade visserligen som om vi hade männens repliker, men nu har vi bara kvinnornas.

Kvinna2: Ja, och av Gunnar fick vi ju bara blanka papper.

Författaren: Det är ju löjligt! *Rycker till sig manuset.* Det här är ju männens repliker fast någon illdådare ändrat dem så att det står Kvinna1 och Kvinna2. Vem av er ligger bakom det här!?

Man1: Vi har inte gjort något!

Kvinna1: Vänta! Det är kanske just det vi har gjort!

Kvinna2: Vad menar du? Ingen av oss har väl ändrat i manuset?

Kvinna1: Jo, på sätt och vis, först ändrade vi ju så att vi väntade på Gunvor istället för Gunnar och då dök Gunvor mycket riktigt upp, sedan ändrade vi tillbaka och då kom Gunnar tillbaka. Samtidigt så läste vid männens repliker och då blev de helt plötsligt kvinnornas.

Författaren: Vad har det med saken att göra. Någon av er har ju uppenbarligen förfalskat manuset!

Kvinna1: Jag tror snarare vi har påverkat det. Att våra förändringar har blivit verkliga.

Författaren: Det är ju absurt! Det är ju bara författaren som kan ändra i manuset!

Kvinna2: Då kanske det är vi som är författaren?

Författaren: Ni! Ni är ju bara simpla skådespelare! Det är jag som är författaren!

Man1: Det påstår du ja! Men du kan inte bevisa det!

Man2: Du kan inte ens skaffa fram repliker. Vad är du då för en författare?

Kvinna1: Jag tycker att vi ska göra ett litet experiment.

Kvinna2: Hur då?

Kvinna1: Vi ändrar i manuset igen och ser vad som händer.

Författaren: Det får ni inte! Jag förbjuder er att ändra på mitt manus!

Man1: Håll käft!! Jag har fått nog av ditt käbbel! Tycker du inte om det kan du gå!

Författaren: Men, men det är ju jag som är författaren!

Man1: Inte längre! Vi har just avskedat dig!

Författaren: Va?! Så kan ni inte göra! Jag är ju er Gud! utan mig vore ni ingenting!

Man1: Jag tycker att vi ska ändra i första scenhänvisningen så att det står att författaren lämnar scenen och går ut till höger.

Författaren: Så kan ni inte göra!

Man1: Inte! Hör på det här då. *Läser ur manuset.* Scen I. Två män och två kvinnor sitter runt ett bord. Författaren går ut till höger.

Författaren: Nä, nu har jag fått nog! Jag går och jag kommer inte tillbaka! *Går ut till höger.*

Kvinna1: Det fungerade!

Man1: Kanske det.

Kvinna2: Kan vi inte pröva med något annat!

Kvinna1: Ja, kan vi inte...nä, det är kanske lite för djärvt.

Kvinna2: Vad då?

Kvinna1: Jo, jag menar pjäsen handlar ju om att vi väntar på Gunnar eller Gunvor som är en symbol för Gud. Skulle vi då inte kunna ändra manuset så att, jag menar, kan vi inte försöka frammana Gud på en gång utan en massa omskrivningar. Ja, vi kunde ju få Gunnar och Gunvor att komma fram, skulle vi då inte likaväl kunna locka fram Gud?

Man2: Är inte det lite väl magstarkt? Jag menar Gud är ju i alla fall Gud?

Man1: Ja, är det inte hädiskt?

Kvinna2: Äh, var inte så fega. Vad kan i värsta fall hända?

Man2: Gud kommer?

Kvinna2: Jag tycker att vi kan försöka i alla fall.

Man1: Gör som ni vill. Jag måste gå snart.

Kvinna1: Är du med då?

Kvinna2: Ja.

Kvinna1: Vad väntar vi på?

Kvinna2: På Gud.

Kvinna1: När kommer han då? *Alla skådespelarna ser avvaktande mot höger. Ingenting händer.*

Man1: Han verkar inte komma.

Man2: Han har kanske annat för sig.

Kvinna1: Vi försöker igen. Vad väntar vi på?

Kvinna2: På Gud.

Kvinna1: När kommer han då? *Alla skådespelarna ser avvaktande mot höger. Ingenting händer.*

Man2: Ingenting.

Man1: Nä, nu har jag inte tid med det här längre. Jag måste hem till frugan annars blir hon vansinnig.

Man2: Ja, jag måste nog också dra mig hem över. Det börjar bli sent. Gud verkar inte komma idag.

Kvinna1: Jag trodde faktiskt att det skulle fungera.

Kvinna2: Jag med.

Man1: Nä, mina damer nu tar jag farväl.

Kvinna1: Vänta så följer jag med.

Kvinna2: Jag också!

Man2: Ja, då går vi då eftersom Gud inte kommer, som det stod i manuset. *De fyra skådespelarna går ut till höger. Från vänster hörs åter igen tangentbordsknatter. Slutar efter en stund. Den gudomliga kommer in på scenen från vänster med ett manus i handen.*

Den gudomliga: Hallå! Hallå! Var är alla? Har alla redan gått? Kunde de inte vänta tills jag var klar? Varför måste alla jämt ha så bråttom? Jag vet det tog det lite längre tid än jag hade väntat mig, men nu är jag i alla fall klar med pjäsen. Den blev faktiskt riktigt bra om jag får säga det själv. Synd att de redan har hunnit gett sig iväg. Jag skulle så gärna vilja ha visat den för nån. Ja, ja, det får väl bli en annan gång då. *Den gudomliga går ut till vänster.*

METALOGEN

en roman som ville vara ett drama

(2007)

Kapitel 1: Besök hos förläggaren

– Goddag min kära förläggare, här är jag igen!

- Åh, är det ni igen! *(För sig själv: Jag som trodde jag skulle få slippa se er, med tanke på att jag sågade ert senaste manuskript jämns med fotknölarna.)*

- Det är roligt att höra att ni är på så gott humör! Här har jag nämligen ett helt nytt fantastiskt manus. Det är helt enkelt det bästa jag skrivit! Det kommer att göra oss båda rika och berömda. *(För sig själv: Om du nu mot all förmodan har den intelligens som krävs för att förstå det, jag tvivlar starkt, eftersom ni så grundligt har refuserat alla mina tidigare verk.)*

- Det låter ju intressant. *(För sig själv: Men det är väl samma oläsliga smörja som vanligt. Bara för artighetens skull ska jag låtsas bläddra igenom det innan jag kastar det i papperskorgen där det hör hemma.)* Nå vad handlar detta "mästerverk" om.

- Jo, det är ett drama...

- Drama, sa ni drama! Är ni helt tokig människa! Det finns ingen förläggare vid sina sinnens fulla bruk som skulle ge ut ett drama. Det går inte att sälja dramatik förstår ni väl! Inte ens om ni hade varit en känd författare skulle jag ge ut ett drama. Det ska vara poesi eller helst romaner, relationer, deckare och en och annan historisk roman går väl an, men dramatik, du måste skämta!

- Som sagt, det är ett drama, och inte nog med det, det är ett metadrama. *(För sig själv: Om du nu har den blekaste aning om vad det är för något, jag ska kanske slå upp det i en uppslagsbok åt dig?)*

- Sa du metadrama! Vem i hela världen skulle vilja läsa metadramatik! Inte ens om du var Nobelpristagare skulle jag vilja trycka sådant kvasiintellektuellt dravel. Och vad skulle det här så kallade metadrama handla om då?

- Jo, ser du, det är det som är det geniala. Det handlar om en författare som besöker sin förläggare och presenterar ett nytt drama, och detta drama är ett metadrama. Är det inte genialt, ett metadrama om ett metadrama.

- Va? Nu har det väl ändå ha brunnit i hjärnkontoret. Menar du att du kommer hit och tar upp min dyrbara tid med detta? Räcker det inte att det var ett drama, det är dessutom ett metadrama och till råga på allt handlar det om ett metadrama. Tror du någon skulle vilja läsa sån smörja! Dagens läsare vet ju inte ens vad ett metadrama är. De vill inte få sin cirklar rubbade, de vill bli underhållna och roande. Få en stund nöjesläsning bort från den trista vardagen. Kan du inte få in i din trånga hjärna att jag säljer drömmar och inte mardrömmar.

- I alla fall så vägrar förläggaren att befatta sig med författarens drama, eftersom han inte tror att någon vill läsa ett metadrama. Vilken dumbom va? Han säger bland annat att han "säljer drömmar och inte mardrömmar" och så kastar han ut författaren från sitt rum. Kan ni föreställa er vilken oförskämd idiot han är! Men när författaren har gått då plockar förläggaren upp manuset ur papperskorgen och börja läsa. Han inser naturligtvis att det är ett genialt manus, att det skulle göra dem både rika och berömda. Men girigheten griper tag i honom och han bestämmer sig för att skriva om manuset och ge ut det i eget namn.

- Nej nu är måttet rågat. Står du där och insinuerar att jag stjäl andra manus! Ut! Ut ur mitt rum!

- Men, det är ju bara ett drama.

- Ut sa jag ut.

Förläggaren kastar ut författaren och slår igen dörren.

- Herregud vad man måste stå ut med som förläggare, alla dessa idioter som tror att de är utvalda för att frälsa världen från okunskapens dimma. Om de bara visste, vilken förlust det är att ge ut böcker som bara avviker några millimeter från rådande normer. Metadrama, i helvete heller, metasmörja skulle jag kalla det, det hör hemma i papperskorgen. Jag säljer drömmar och inte...inte...vad fan stod det nu. Jag måste se efter, här är det, första scenen, författaren och förläggaren och hm, ja, just det här är det. Förläggaren säger: "Kan du inte få in i din trånga hjärna att jag säljer drömmar och inte mardrömmar." Ha, det var ju inte så dumt sagt, riktigt fyndigt faktiskt. Rätt åt den där jävla författartölpen, undrar om den där förläggaren säger något annat intressant. Hm, ja, ha, ha, det var verkligen fyndigt, och nej, det är inte sant, helt otroligt, ha, ha.., det va ta me fan det bästa jag har läst på länge. Man skulle kanske kunna publicera det ändå, om man ändrade lite grann här och där och så ett exklusivt band, rätt marknadsföring, en exklusiv release, något i stil med nästa Nobelpristagare presenteras etc etc. Men då ska ju den författarkludden ha sin provision förstås och så kommer han säker med en massa konstärliga invändningar så tryckningen blir försenad och allt fördyras och så går hela planeringen åt skogen i slutändan. Nej, det är lika bra att låta bli att blanda in den där skrivarapan i det hela. Manuskriptet är förresten redan kasserat, det är ju slängt och refuserat, så ingen kan ju anklaga mig om jag skulle ta hand om det och skriva om det lite. Det behövs verkligen. I slutändan blir det ändå ett helt annat drama, ja, och då är det väl inte mer än rätt att äran tillfaller mig, det är ju i princip jag som skrivit det, och då är det väl inte fel, nej, snarare en självklarhet att det står mitt namn som författare, ja, så gör jag, det blir bra, vilken succé det kommer att bli!

Kapitel 2: I författarens öra

Hemma hos författaren i hans lägenhet. Författaren sitter vid sitt skrivbord och skriver. Den andre säger:

- Det var en himla massa ord som du har radat upp där. Blir det någon mening med det.

- Mening säger du. Vad menar du?! Såklart att ord bildar meningar, är du dum eller?

- Det kan ju bli rena rama rappakaljan också.

- Inte när jag skriver.

- Vad skriver du då?

- Det ska bli en roman. Kan inte du vara lite tyst så jag kan koncentrera mig. Jag måste bli klar ikväll.

- Det sa du igår också.

- Ja, men då avbröt du mig ju hela tiden, så jag inte hann bli klar.

- Vill du ha något att dricka?

- Ge mig ett glas vatten och låt mig vara ifred sedan.

- Vatten! Ska du ha vatten? Det är ju sånt fiskarna knullar i. Ska du verkligen ha vatten.

- Ja, vad är det med det då?

- Här!

- Vad är det här!

- Whiskey, det är bra för hjärtat.

- Jag blir så jävla trött på dig. Kan jag få lite lugn och ro nu.

- Låt inte mig störa.

Författaren skriver vidare.

- Det ska visst bli krig

- Vem säger det?

- Alla typ.

- Vad då alla, du menar tidningen?

- Ja, ungefär.

- Äsch, de skriver ju bara en massa skit.

- Den enda skit jag har läst där var en annons med en bonde som sålde ekologiskt gödsel till trädgården. Fast det blir ju klart billigare om man själv sätter sig i rabatten och skiter.

- Fy fan vad du är äcklig.

- Va då? Skit som skit. Kan det bli mer naturligt?

- Kan inte du hålla käften nu. Jag blir ju aldrig klar med min novell om du ska hålla på att störa mig hela tiden.

- Novell, nyss var det ju en roman?

- Saker och ting förändras under skrivandets gång.

- Det bidde ingenting som skräddaren sa. När jag själv en gång i tiden satt mig ner och skrev mina stora romaner var det ingenting som kunde störa mig. Inte ens om en bomb hade exploderat i rummet intill hade jag lyft pennan från pappret.

- Och vad blev resultatet? En oändlig lång släktkrönika på flera tusen sidor så att läsaren hann avlida av tristess innan han hade läst klart första kapitlet. Kallar du det för litteratur, en oändligt trögflytande smörja, en egoismens spegelbild av dig själv?!

- Vad var det nu din så kallade novell skulle handla om? Låt mig se? Var det inte pojke möter flicka, de gifter sig och lever lyckliga i alla sina dar. Det är väl ända bra konstigt vad fantasin kan hitta på. Jag menar att du kan skriva om något som du aldrig har upplevt och förmodligen aldrig kommer att uppleva. Så det är kanske inte så konstigt att det bara

bli en ytlig kliché av tomhet?

- Ha, vad vet du? Du har ingen aning vad jag skriver om. Det handlar inte

alls om kärlek. Det är en barndomsskildring.

- Så praktiskt, en barndom har ju alla haft, då kan man inte anklaga dig för

sakna erfarenhet om ämnet?

- Kan du inte vara tyst nu! Så jag får skriva. Är det för mycket begärt!

- Inte alls! Inte alls! Skriv du bara, bry dig inte om mig.

- Tack

- De säger att det ska bli krig.

- Men för helvete! Det har du ju redan sagt ju!

- Vissa saker tål att upprepas

- Och man ska inte underskatta tystnaden

- Ja, ja, jag fattar när jag inte är önskvärd. Jag ska hålla mig borta.

Författaren skriver en stund under tystnad. Ser upp från pappret.

Lyssnar, Ser sig omkring oroligt.

-Vart tog du vägen. Hallå. Var är du? Har du gått? Har du lämnat mig

ensam här? Du vet ju att jag inte kan vara utan dig. Men för helvete. Var är

du? Svara då?

Författaren kryper ihop och börjar snyfta, efter tag hör man hur det spolar

på toaletten.

- Nå, hur går det med skrivandet.

- Bra, lägg dig inte i sånt du inte förstår!

- Inte förstår? Du erkänner, du skriver alltså bara en massa rappakalja. Då

hade jag rätt från början, jag sa ju att du bara staplade en massa ord på

varandra. Ord på ord utan mening, vad är det för mening.

- Sluta med att vrida och vända på allting, måste du göra det mer komplicerat än det är?

- Jag? Jag som är enkelheten själv. Det är du som komplicerar saker och ting. Det är du som har ägnat en hel månad åt att försöka beskriva första gången då du såg en naken flicka och upptäckte att hon saknade snopp.

- Det var en avgörande händelse i mitt liv. Den kan man inte bara rusa förbi, den måste analyseras och dissekeras så att det framstår som sant.

- Om du skriver att flickor inte har snopp så tror jag att alla förstår vad du menar.

- Det är inte så enkelt. Livet är komplicerat.

- Inte för mig.

- Nä, kanske inte för dig, men för mig. Kan du nu vara vänlig och lämna mig ifred så jag hinner bli klar med min essä.

- Essä! Vad hände med novellen.

- Den...

- Jag förstår, saker och ting förändras under skrivandets gång, livet är förgängligt och människan svag.

- Det var inte det jag tänkte säga. Utan att ämnet passade inte för en novell. Var form har sitt innehåll.

- Jaså du, säger du det. Ja du är ju författaren så du borde ju veta bäst. Men du ska inte prova att skriva en pjäs istället. Lite dramatik som omväxling.

- Sluta retas. Det ska bli en essä, punkt slut.

- Om du ändå kunde sätta punkt nån gång, så vi kunde gå ut äta. Jag börjar bli hungrig.

- Om du inte ständigt hade avbrutit mig skulle jag ha varit klar för

längesedan, men om du nu bara kan vara tyst en liten stund, så ska du se

att jag snart är klar.

Författaren skriver en stund under tystnad.

- När jag var liten trodde jag att jag var en flicka.

- TYST!

- Ända tills min mamma berättade att flickor inte hade snopp, men att jag

hade en så jag var en pojke. Det var inte svårare än så.

- Sluta jag vill inte höra orden som strömmar genom författarens öra.

- Vad menar du?

- Att du ska hålla käften och låta bli att störa mig

- Så att du kan ägna dig åt dina meningslösa ordmonologer.

- Hellre det än denna helvetes dialog med dig.

- Så du anser dig ha ensamrätt till ordet.

- I min pjäs är det jag som bestämmer vad som sägs.

- Så det blev en pjäs ändå?

- Ja och sen! Det är väl ändå upp till författaren att bestämma. Varför ska

du alltid lägga dig i?

- Du vill ju det. Tror du verkligen att någon skulle vara intresserad av att

höra ditt självupptagna ältande och ordstapplande. Meningen föds inte i

författarens inre monolog, utan i författarens öra, i dialogen, i samtalet med

omgivningen. Men för tusan vad jag är hungrig. Ska vi gå och äta eller

tänker du låta mig svälta ihjäl.

- Okej då, jag tror jag sätter punkt där. Vi går och äter.

- Låter som en utmärkt idé. Förresten har du hört att de tror att det snart

blir krig.

- Vilka då.

- Det står här i tidningen precis bredvid den här annonsen om ekologiskt gödsel.

Kapitel 3: Scen för två

- Vilket bra bord, alldeles vid fönstret. Titta man ser hur solen går ner över havet och färgar vattnet guldrött.

- Ja, ja, jag vet, men jag gjorde mitt bästa, det var det enda som fanns ledigt, det är ju lunchtid, vi får hålla till goda med det här.

- Kom du ihåg förra gången vi var i Frankrike, det var hösten 2002. Det regnade hela tiden, men maten var god.

- På tal om regn. Du tror inte det börjar regna, ska vi flytta in i matsalen i stället.

- Det är ju alldeles stjärnklart. Inte blir det regn inte. Och så ser man bergen så bra här. Månen som speglar sig i floden, det är så vackert. Men du kanske fryser.

- Jag har min solhatt, och så kan vi sätta upp parasollet om det skulle blir för varmt. Jag klarar mig nog. Men tack ändå.

- Har du tittat på menyn? Jag tror jag vill ha fisk och ett gott vin till.

- Annars kunde vi ta soppan.

- Fisksoppa?

- Ärtsoppa tänkte jag mig.

- Det får bli lamm och en vischyvatten för mig.

- Då tar jag detsamma, fast paj och en öl istället.

- Tänk vad tiden går. 20 år har vi varit gifta, det känns som igår.

- Det var igår. Vilken bröllopsnatt, och nu sitter vi här som herre och fru och äter vår första frukost tillsammans som ett gift par, det är märkligt.

- Jag vill skiljas.

- Jag har något som jag måste säga...

- Men varför ställer du dig på knä? Du tänker väl inte...åh, är det verkligen

sant.

- Vill du gifta dig med mig.

- Jag trodde aldrig du skulle fråga.

- Vad säger du?

- Kommer aldrig maten snart. Vilken långsam personal.

- Ska vi ha efterrätt? Lite glass och en likör kanske.

- Nu äntligen kommer förrätten. Jag håller på att dö av hunger. Vilken usel

service.

- Jag är proppmätt. Jag får inte ner en bit till.

- Nej, jag har ångrat mig jag tar ärtsoppan istället.

- Hur mycket ska man lämna i dricks?

- Här är i alla fall kontraktet. Som du ser avgår 10% i provision som avtalat.

Tillträde till lägenheten kan ske i månadsskiftet. Om du skriver under här

så är allt klart.

- Lodrätt 10 blir nog schack. Vad tror du?

- Korsord är inte min starka sida, men kan du inte lägga bort det där nu.

Jag har något viktigt att berätta.

- Fast det skulle också kunna bli matt också, det är nästan lika många

bokstäver.

- Jag är med barn.

- Nej, så kan du väl inte flytta bonden, då blir det ju schack matt.

- Hon ska heta Alice.

- Ska vi beställa någon mat eller. Jag börjar känna mig hungrig.

- Titta nu stiger solen upp, tänk det är precis som när vi träffades första

gången, på den där järnvägsstationen i Kina.

- Två månader max. Jag fattar det inte. Han bara sa det rakt ut, utan att linda in det. Du har bara två månader kvar att leva. Hur ska det gå för er när jag är borta. Jag tänker mest på barnen det är ju så små.

- Jag måste snart gå, lunchen är snart slut. När kan vi träffas igen. Min man kommer att vara bortrest nästa helg, vi kan kanske åka till havet. Hyra en stuga, bara vi två.

- Ja, men då bestämmer vi ett möte där våra advokater kan sy ihop påsen. Det kommer att bli en mycket lönsam fusion får bägge partnerna. En del rationaliserings kommer ju att behövas men det ordnar vi.

- Vi får sätta oss inne i baren istället. Det verkar som om de slutat servera i restaurangen.

- Är klockan så mycket. Då måste jag kila iväg till teatern.

- Men vi kom ju just.

- Jag måste gå, jag har suttit här alldeles för länge. Men vi syns snart igen. Då lovar jag att berätta hur det gick.

Kapitel 4: Allt eller inget.

Författaren stiger in på teaterscenen där direktören står och väntar på honom.

- Men se god dag min bäste teaterdirektör. Här kommer er bästa vän, den geniala dramatikern!

- Hm, hm, visserligen hade er förra pjäs något visst, någon enstaka kritiker verkade också ha gillat den och skrev några positiva rader, och jag kan inte påstå att den blev någon ekonomisk förlust för teatern, men det är väl också allt.

- Ni ville prata med mig om min senaste pjäs? Visst är det en praktpjäs?!

- Det är det väl det minsta man kan säga, det är nämligen så här...

- Åh var inte blyg. Ni har inte läst något bättre. Det är kanske t o m det bästa som jag har skrivit. Nå säg det då, du behöver inte dra ut på det, jag tål beröm, så du kan gott safta på när du ändå är i gång.

- Den är ospelbar!

- Va?

- Ospelbar!!

- O skulle jag nog använda, men snarare i formen obetalbar, ovärderlig eller oändligt bra.

- Lyssna för gud skull! Pjäsen är ett fiasko, den går inte att spela.

- Hur menar du?

- För det första är det alldeles för många scenbyten.

- Åja, bara 298.

- För många personer.

- 47 och ett femtiotal statister.

- Scenografin är omöjlig. Hur tror du vi ska kunna skaffa fram 12 elefanter, 8 hästar, 6 apor och en albino katt till på lördag!

- Sånt kan man väl ändå hyra från en cirkus.

- Vad tror du brandmyndigheten skulle säga om att vi fyller hela scenen med hö och har en öppen eld i mitten?

- Vem bryr sig om myndigheter när man sysslar med konst?

- Redan i första scenen har du förbrukat hela teaterns årsbudget på rekvisita. Det går inte. Vi blir ruinerade!

- Ja, ja, ja, jag får väl drar ner lite då.

- Lite?

- Vi struntar i rekvisitan helt enkelt.

- Och djuren?

- De får stryka på foten också.

- Det låter ju inte så dumt. Hur blir det med scenbyten då?

- Inga.

- Ännu bättre. Och statister?

- Inga.

- Lysande. Jag börjar gilla det här. Men skådespelare måste det väl ändå vara?

- Ah, det är det som är det geniala! Inga!

- Inga!

- Ja, just det! Vi ska sätta upp en pjäs som utspelar sig på en tom scen, utan rekvisita, och utan skådespelare. Om vi dessutom släcker ljuset så sparar vi lite på pengar på elen också.

- Helt fantastiskt. Verkligen genialt. Att ingen har kommit på det här innan? Vilken ekonomisk succé det kommer att bli? Men hinner du skriva om manuset till premiären på lördag?

- Visst, inga problem, men...

- Ja vad då?

- Det blir ju en hel del arbete förstås. Mitt arvode kommer att öka.

- Naturligtvis, naturligtvis. Det är ju klart. Med en sådan uppsättning tjänar

vi ändå in en hel del i slutändan, men nu står inte här och dräll, utan

skynda dig iväg så du hinner skriva klart till på lördag. Ge dig iväg nu, jag

måste förbereda kvällens föreställning.

- Vad ska ni spela?

- Det blir scener ur livet av teatersällskapet "Teatermyran".

Kapitel 5: Amatörteatersällskapet "Teatermyran" presenterar "Scener ur livet" nyskriven dramatik av lokala författare

PROLOG

Publiken har satt sig ner, det är någon minut innan föreställningen börjar.

Dörrarna in till salongen är fortfarande öppna. Då slocknar plötsligt ljuset.

Strömmen har gått. Det går några minuter. Man hör en röst bakom ridån.

R: Vad fan är det som händer? Jag ser inte ett skit!

Från foajen kommer en vaktmästare in med en ficklampa. Han trevar sig

fram till scenen och äntrar den. Ställer sig mitt på scenen och vänder

ficklampskenet spöklikt upp i ansiktet.

V: Mina damer och herrar, jag ber om ursäkt. Vi har fått ett tekniskt

problem. Vi har för tillfället ingen ström. Vi arbetar dock med att lösa

problemet. Ni får ursäkta och ha lite tålamod så ska det snart vara löst.

Han går ner från scenen och ut i foajén samma väg han kom.

Det går någon minut. Lyset tänds, salongen badar åter i ljus under några

sekunder, men slocknar igen. Det blir kolmörkt. Ytterligare någon minut

går. Ljuset tänds. Det blinkar till lite ostadigt men fortsätter att lysa. Efter

någon minut sänks ljuset sakta i salongen. Dörrarna till foajén stängs.

Endast en svag strålkastare lyser upp ridån. Föreställningen kan börja.

Man hör en röst bakom ridån.

R: Vad fan är det som händer? Jag ser inte ett skit!

Genom dörren från foajén kommer en vaktmästare med en ficklampa.

Han trevar sig fram till scenen och äntrar den. Ställer sig mitt på scenen

och vänder skenet spöklikt upp i ansiktet.

V: Mina damer och herrar, jag ber om ursäkt. Vi har fått ett tekniskt problem. Vi har för tillfället ingen ström. Vi arbetar dock med att lösa problemet. Ni får ursäkta och ha lite tålamod så ska det snart vara löst.

Går ner från scenen och ut i foajén samma väg han kom.

Ridån glider upp. Scenbilden är följande. De tre skådespelarna som sitter och väntar på att strömmen ska komma tillbaka, sitter runt ett rangligt bord nere i vänster fond. Man har tänt några stearinljus och man sitter och röker, dricker kaffe och bläddrar i en tidning. Till vänster finns också en balkong utsmyckad med blommor. I mitten av scenen står ett naket träd. Till höger står fem gånger fem enkla stolar i rad. Framför trädet vid scenkanten ligger ett stort träkors.

Scen 1

Jesus kommer in från höger fond, meningen är att han ska gå i en diagonal fram till korset, men han stöter till stolarna och ramlar omkull och drar några stolar med sig i fallet.

J: Aj, faan också!

Grimaserande av smärta haltar han fram till korset som han med stor möda lägger på axeln. Han ser ut över publiken och koncentrerar sig. Sänker blicken och försöker få kontakt med sufflören som inte ser honom. Han harklar sig, först lågt, sedan allt högre. Sufflören har nu sett honom och viskar hans replik, som han inte kan höra. Hon viskar igen något högre. Jesus hör henne fortfarande inte utan går närmare och böjer sig fram.

S: Noli me tangere. *(Hörbart för publiken)*

Jesus hör fortfarande inte, utan böjer sig mödosamt djupare fram och kupar handen bakom örat.

S: Noli me tangerer! *(Mycket högt)*

Jesus ramlar omkull av sufflörens utrop. Han reser sig förvirrad. Lyckas med stor möda lyfta upp korset på axeln och ser ut över publiken. Säger med högtidlig stämma:

J: Nå men agera!

En i publiken börjar gapskratta. Lyckas efter ett tag hejda sig.

Jesus upprepar sin replik med hög allvarlig stämma:

J: Nå men agera!

Åskådaren fnissar och vrider sig bakom sin händer. Oförmögen att hejda sitt utbrott. Några i publiken hyssar åt honom. En åskådare säger "Håll käft!"

Jesus börjar långsamt gå tillbaka samma väg han kom. När han ska gå förbi stolarna snubblar han på sin mantel och rasar in bland dem. Han utbrister förbannat:

J: Helvete också!

Ursinnig kastar han några av stolarna över scenen och rusar sedan ut. Ridån går skyndsamt ner och scenarbetare rusar in för att ställa stolarna tillrätta och bära bort korset.

Scen 2

Från var sitt håll av scenen kommer två luffare gående, de stöter samman med varandra mitt under trädet.

L1: Se dig för!

L2: Sett dig förr.

L1: Kanske det.

L2: Jo jag vet.

L1: Det är sant.

L2: På var sin kant.

L1: Vladimir

L2: Vladivostok

L1: Estragon

L2: Extra lång

L1: Så trevligt att ses.

L2: När tillfälle ges.

L1: Båda två.

L2: Bådar gott

L1: Inte igår

L2: Vad tiden går

L1: Vad gör du

L2: Vad gör du nu

L1: Väntar sen en stund

L2: Utan grund?

L1: Nonsensprat

L2: Kommer snart?

L1: I denna minut.

L2: Snart är det slut.

En skådespelare från en angränsande teater spelande Romeo rusar in på scenen och ställer sig nedanför balkongen. Han är klädd i 1600-tals kläder, svettas kraftigt och är mycket andfådd. Han ser upp mot balkongen, flåsar kraftigt medan han säger sin replik:

S: Ju...julia...Julia...

De två luffarna ser häpna på varandra. Försöker påkalla skådespelarens uppmärksamhet.

L1: Psst..

Skådespelaren märker inget.

S: Du...är.. skönhet...

L1: Pssst!

L2: Öööh du!

Skådespelaren vänder sig nervöst om. Får syn på de två luffarna som

gestikulerar åt honom och blir fullständigt förvirrad.

Luffarna försöker få skådespelaren att gå av scenen genom att vifta med

händerna och viska.

L2: Gå härifrån.

L1: Du förstör föreställningen.

Skådespelaren sätter handen ovanför ögonen för att kunna se ut över

salongen. Han ser sig runt omkring och inser plötsligt att han befinner sig

på fel scen. Generad stammar han.

S: Fö..fö..fö..låt:

Drar sig skyndsamt bakåt in i kulisserna.

Luffarna samlar sig och försöker fortsätta sin dialog som om inget hade

hänt.

L2: Det var som...

L1 Som om.

L2: Ingen kom

L1: Inte dom

L2: Ingen alls.

L1: Va befalls!

L1: Dags att gå.

L2: Kan jag förstå.

L1: Låt oss gå

L2: Vi två.

Luffarna rör sig inte.

Ridån går ner.

Scen 3

Teaterdirektören kommer in med en mikrofon. Han går fram till

scenkanten och säger:

T: Mina damer och herrar jag har den stora äran att få presenteras nästa

scen i vårt lilla kvällsprogram som amatörsällskapet "Teatermyran" har satt

ihop speciellt för den här kvällen. Det är som ni har märkt ett litet potpurri

av nyskriven dramatik, men innan jag presenterar nästa lilla stycke, har jag

den stora äran att välkomna herr Godot, författaren till nästa pjäs, och be

honom inleda med några ord om bakgrunden till pjäsen och förklara vad

han vill ha sagt med den.

Herr Godot kommer in på scenen. Han tar i mot mikrofonen från

direktören. Direktören börjar flytta omkring stolarna på scenen, fram och

tillbaka utan logik. De skrapar i golvet och slår mot varandra. Man kan

bara höra fragment av vad herr Godot säger eftersom det samtidigt har

blivit något glapp i mikrofonen.

Herr Godot:

Välkommen....lösning....gåta...fråga...svar...reda...ut...presenterar...hittat....

slutligen...svaret

...gåtan...evig....jag....jag....Gud....utlokaliserat....eviga...mörker....ljus...gåt

a....inbjuden...hedra...

utforska...pjäs...livet...döden...gåta...Gud...svart....stycke...mamma...ser...s

varet...svart....okänd...leva....hittat...ni....beskåda....livet....mysterier....svare

t...någonstans...slutligen...lösning.

..presentera....gåta...svar...hindra...upptäckt...vitt...mogna...vandring...häls

an...svartsjuka...intrig

....ödet...fråga...fråga...jag...berätta...sista...pjäs...svårt...livet...död...lycklig.

..se...bara...svaret..

.frågan.. Tack!

Vid slutet av talet har alla stolarna kommit tillbaka till sin ursprungsplats.

Ridån går ner.

Scen 4.

Det blir åter kolmörkt i salongen och på scenen. En röst hörs bakom ridån.

R: Vad i helvete! Gick proppen nu igen. Kan du inte sätta i en spik så vi kan fortsätta.

R2: Äh, håll käft!

Det blixtrar till bakom scenen och ljuset tänds. Ridån går hastigt upp. Mitt på scenen står skådespelaren som spelar Romeo som i mörkret har råkat gå ut på scenen igen. Han bländas av strålkastarljuset och försöker värja sig för publiken. Stammar fram.

R: Föö..föö.låt så. my..my.ck..ett

På sin väg ut råkar Romeo springa omkull trädet som stå mitt på scenen. Mannen som skrattade i scen 1 brister ut i gapskratt.

Ridån går ner.

Scen 5.

Mitt på scenen sitter Sonen i en rullstol. Modern står bakom. Bredvid rullstolen står en bensindunk. Sonen sträcker sig efter strålkastaren ute i salongen.

S: Mor ge mig solen!

M: Det är en gatlykta din dumbom!

S: Mor, vad är en gatlykta?

M: En gatlykta min son är ett högt flygande ljus.

S: Mor, hur högt flyger den då?

M: Ändå upp i himlen, om det vill sig väl.

S: Mor, om den ramlar ner då?

M: Då går det åt helvete, min son.

S: Så helvetet är här nere på jorden?

M: Det skulle man kunna säga.

S: Mor, är det därför det är så mörkt och kallt här nere.

M: Nej, min son, det beror på att det är natt och vi har stängt av värmen.

S: Mor hur är det där uppe då, är det ljust och varmt och skönt?

M: Nej, min son. Där uppe i himlen är det ännu svartare och ännu kallare, där kan ingenting leva.

S: Men mor, ändå vill så många fara upp till himlen?

M: Det är livets paradox min son. Att längta från ett helvete till ett ännu värre helvete.

S: Men det kanske inte vet hur det verkligen är i himlen mor?

M: Vet och vet. Sånt får man väl ta reda på.

S: Mor?

M: Ja min son.

S: Ge mig solen?

M: Som du vill min son.

Modern tar upp bensindunken från golvet och häller den över sonen. Hon ställer sig en bit bort och stryker eld på en tändsticka.

S: Mor.

M: Ja min son.

S. Jag tror att det är lättare att se solen om det mörkt.

M: Du har rätt min son. Jag släcker ljuset.

Ljuset slocknar i salongen. Modern kastar tändstickan. Eldslågor slår upp från rullstolen. Ridån går ner. Personal med brandsläckare rusar in och släcker.

Scen 6.

Ridån är nere. Det är svart i salongen. Man hör de tre skådespelarna runt bordet prata.

S1: Vad fan är det som händer. Jag menar, när tänker de fixa ljuset. Ska vi sitta här och glo hela kvällen, vad ska folk tro. Dem har säkert gått hem redan.

S2: Tror du?

S1: Säkert, skulle du sitta kvar i salongen om det var kolmörkt och föreställningen aldrig började.

S2: De kanske inte vågar.

S3: Vad då inte vågar?

S2: De tror kanske att det ingår i föreställningen, och ingen vågar gå först, ungefär som kejsarens nya kläder.

S1: Jag skulle ha gått på en gång. Jag skulle inte tolerera att man drev med mig. Nä jag skulle gått rakt ut till kassan, slagit näven i bordet och bett att få tillbaka pengarna.

S3: Ska vi se efter om det är några kvar då.

S2: Vågar vi det?

S1: Visst, kom vet jag.

De tre skådespelarna tassar bort till ridån med ett ljus, det kikar försiktigt ut.

S3: Ser ni nåt?

S2: Nä, ingenting. Det är beckmörkt.

De går ut framför ridån och spejar ut i mörkret.

S1: Jag tror att de har gått hem.

S3: Det verkar inte bättre.

S2: Vad ska vi göra då.

S1: Vi får väl gå hem vi också.

S2: Det är allt bra synd på en sådan bra föreställning.

S3: Jag var verkligen på G ikväll.

S2: Jag med.

De går in bakom ridån igen och avlägsnar sig från scenen. Rösterna försvinner.

S1: Vad ska ni sen?

S2: Jag vet inte, det blev en tidig kväll.

S3: Ska vi ta en öl?

S1: Visst.

S2: Är det någon som vet hur det gick i hockeyn?

S1: Nä....

Det är mörkt i salongen. Efter några minuter öppnas dörrarna ut i foajén. Ljuset strömmar in från foajén. Teaterdirektören stiger fram bakom ridån med en ficklampa.

D: Mina damer och herrar. Ibland överträffar verkligheten fiktionen. Det har visat sig att vi har fått ett tekniskt problem med ljuset i salongen vilket innebär att vi inte kan tända det. Våra tekniker tror att det kommer att ta ett tag att åtgärda så vi får improvisera lite. Föreställningen är iallafall slut och här kommer våra duktiga skådespelare som har spelat i kväll.

Skådespelarna kommer trevande ut bakifrån ridån, några har ficklampor eller stearinljus. Publiken applåderar eventuellt.

D: Vi tackar för denna trevliga kväll och hoppas att ni har haft stor behållning av kvällens föreställning och att vi snart ses igen. På grund av problemet med ljuset kommer våra duktiga vaktmästare att hjälpa er ut i foajén. Tar det bara lugnt så ska ni se att allt blir bra. Tack för oss.

Skådespelarna försvinner bakom ridån. Publiken börjar gå ut från salongen. Vaktmästarna lotsar ut dem. När hälften av publiken har letat sig ut i mörkret tänds ljuset igen.

Kapitel 6: Teaterbaren

Teaterkritikern och författaren står vid teaterbaren med var sitt glas vin.

- Jag vet inte vad jag ska säga.

- Ni är mållös.

- Jag vet inte om jag ska skratta eller gråta.

- Ni är rörd!

- Det där med ljuset blev jag inte riktigt klok på. Blev det strömavbrott eller

var det en del i pjäsen.

- Ni är...äh, vad heter det!? Konformist, konstifik, konturisk.

- Kontraherad?

- Nej!

- Konstituerad?

- Nej! Var är mitt manus! Det går inte utan manus. Vänta! Jag tror jag

glömde det på toan. Jag är snart tillbaka.

Teaterkritikern får vänta en lång stund innan författaren dyker upp med

manuset.

- Där är ni ju! Vilken tid det tog.

- Det var upptaget på toaletten så jag fick vänta på min tur.

- Men ni hittade det i alla fall?

- Ja, men något har skvätt vatten på det. Det är alldeles blött, de sista

sidorna är alldeles uppblötta. Det går inte att se vad det står. Hur ska det

nu sluta?

- Du får väl improvisera.

- Omöjligt. Det kan jag inte.

- Åsch, det är så lätt så. Se på mig. Förra veckan var jag inbjuden till en

premiär som jag skulle recensera och samtidigt var det ju Schlagerfinal på

TVn, så jag gick dit och såg första akten. Sen gick jag hem. Drack en flaska vin och improviserade ihop en recension. Och en annan gång så struntade jag helt enkelt i att gå och se pjäsen och skrev en recension under stark inspiration av en flaska Calvados.

- Gick det bra?.

- Utmärkt, men så visade sig det att pjäsen hade blivit inställd pga. av ett brandlarm. Obra kan man säga. Det blev lite svårt att förklara, men man får tacka tekniken.

- Hur då? Nä glöm det nu. Vi får försöka hålla oss till manuset. Konfunderad.

- Ja, just det, ljuset förstod jag mig inte på.

- Har du sett pjäsen?

- Står det här i manuset?

- Nej, men med tanke på vad du sa innan är det ju intressant att veta om du verkligen såg pjäsen eller om du bara improviserar.

- Nu blir jag riktigt...äsch nu har jag glömt bort ordet.

- Kan du inte improvisera?

- Håll tyst och ge mig ordboken. Abakus, abborre, abdomen, ablativ, accept, ackord, adel, adjungera, adressat, adverb, afelium, affix, aggregat, ajabaja, akne, aktris, akvatint, alarm, alvar, ametist, analog, andlig, angina, anhörig, anledning, anod, ansikte, anträda, apertur, aptera, arbiträr, arena, areometer, aeropag, arg. Arg! Nu blir jag riktigt arg!

- Tur du inte blev upprörd, då hade vi fått stå här hela natten. Skulle du göra någon intervju eller?

- Jovisst! Varför har du brutit kontraktet?

- Jag fick ju sparken!

- Jag menar kontraktet med publiken. Avtalet kring den episka berättelsen, de av traditionen uppsatta spelreglerna för teatern, du vet Aristoteles början, mitt, slut, klassicismens enhetsbegrepp kring tid, rum och handling. Tjechovs gevär.

- Vilket gevär?

- Öh, förlåt mig det kommer först längre fram i dramat. Men frågan är varför du har brutit kontraktet med publiken?

- Jag ser mitt drama som ett svartkontrakt. Det kan sägas upp när som helst och hyran höjas utan motivering.

- Svartkontrakt i författarkåren det var något nytt.

- Egentligen inte. Det är många före mig som har kört med svartkontrakt som Beckett, Ionesco, Jarry och Brecht.

 - Så du följer i absurdismens följevatten?

- Det har liksom kommit med fostervattnet.

- Det är alltså frågan om metateater?

- Nej, nu ser jag faktiskt inte längre vad som står i manuset. Jag får väl göra som dig. Improvisera. Så god natt och adjö!

- Men vänta min intervju då, hur blir det med den?

- Du får improvisera, hela baren är full med inspiration. Du kommer väl på lördag då min nya pjäs har premiär, eller tänkte du improvisera då också?

Kapitel 7: Drama för stängd ridå

Ridån är nere. Publiken sitter och väntar på att föreställningen ska börja.

- Tror du verkligen att det fungerar?

- Självklart.

- Men att spela med ridån nere? Kommer inte publiken att undra?

- Nej då, det är det senaste direkt hämtat från New Yorks underground scener. Det har blivit jättepopulärt "over there".

- Men hur vet vi när vi ska börja?

- Din dumbom. Det har jag ju sagt. Vaktmästaren kommer att ge oss ett tecken när publiken har satt sig och han har stängt dörrarna.

- Vad var tecknet nu igen?

- Han blinkar två gånger med lampan.

- Ja nu kommer jag ihåg. Men hade det inte varit bättre om det fanns en stark lampa här bakom i fonden, så publiken kunde se våra skuggor i alla fall.

- Varför då?

- Ja, så de inte känner sig lurade.

- Vad då lurade? Jag fattar inte vad du menar?

- Ja, det kunde ju lika väl vara en bandspelare, hela pjäsen kunde ju vara inspelad på ett band. De kan ju inte veta om det verkligen finns någon bakom ridån.

- De märker de väl när ridån går upp.

- Ska den gå upp? När då?

- När pjäsen är slut såklart din dumskalle.

- Pjäsen kunde ju fortfarande var inspelad, och så precis innan ridån gick upp kunde vi ju rusa in och bära bort bandspelaren och stå där när ridån går upp. Vi kunde ju sitta i logen och dricka kaffe och äta kakor under tiden. Du vet såna där vita med hallonsylt.

- Det skulle ju inte vara samma sak förstår du väl.

- Ja, men om man inte vet, vet man ju inte.

- Förstör inte det här nu med ditt babbel. Jag tycker det är ett genialt drag. Det är ju ingen som har gjort det här innan, förstår du inte, vi är med om något unikt.

- Blinkade det?

- Va?

- Jag tyckte att lamporna blinkade.

- Två gånger?

- Jag är inte säker.

- Hur blinkade dem. Kraftigt eller svagt?

- Det var mer som om den tonade ner och sen gick upp.

- Jag märkte inget i alla fall . Det var inte signalen.

- Är du säker.

- Ganska.

- Man vill ju inte stå här och pladdra på med publiken sitter där ute och lyssnar. Det skulle ju vara dö pinsamt. Men varför måste vi sminka oss och ha dem här konstiga kläderna, dem kliar. Det är ju ingen som kommer att se oss.

- Det har du ju rätt i, men det hör liksom till. Det blir en mer äkta känsla när man får på sig sminket och scenkläderna.

- Och all den här dekoren. Den känns ju också onödig. Den måste ha kostat en förmögenhet. Vi ska ju bara stå här och vänta och prata.

- På tal om det. Hjälp mig att flytta det här trädet är du snäll. Jag orkar inte det själv.

- Varför då? Det spelar väl ingen roll var det står?

- Måste du ifrågasätta allt jag gör! Det går mig på nerverna! Enligt scenhänvisningarna ska trädet stå här borta. Nå hjälper du till eller inte? Men ta i då! Okej, en bit till hitåt, lite till, och så bakåt, nej, det blir för mycket fram igen, och så till höger. Det blev mycket bättre.

- Nu står det ju på samma ställe som innan.

- Gör det?

- Japp!

- Det ser i alla fall bättre ut nu.

- Ja, ja, men jag förstår inte hur vi ska få plats med resten av sakerna och hur ska vi hinna med alla scenbytena, jag bara frågar.

- Det har varit lite rörigt på repetitionerna det håller jag med om, men det är ju så när så mycket folk är inblandade i en föreställning. Det är först de sista timmarna som allt bruka falla på plats. Jag är mer oroad över att inte har hunnit öva med alla djuren.

- Tror du verkligen regissören får tag i 12 elefanter, 8 hästar, 6 apor och en albino katt innan föreställningen börjar?

- I vilken scen skulle djuren komma in? Jag kommer aldrig ihåg om det är 76:e eller 78:e.

- 75:e är det väl.

- Men vad är det för liv i kulisserna?

- Det är djuren! De kommer!

- Regissören tänker visst försöka med en snabb repetitionerna innan vi börjat.

- Nu kommer elefanterna. Vad stora dem är.

- Och hästarna, och aporna, och regissören själv med albinokatten i famnen.

- Hästarna har kommit upp elefanternas ryggar och aporna klättrar upp.
Tänk vad snabba de är. Nu saknas bara katten så är pyramiden färdig.
Det kommer att fungera!

- Åh nej, aj, katten rev apan på nosen, jag tror apan tappar balansen, men
håll fast hästarna då de börjar bli oroliga, nej, det rasar, gör något för guds
skull, akta, elefanten börjar gå, det rasar, det rasar, ta skydd, herregud
akta er för elefanterna.

- Katastrof. Vilken katastrof. Blev någon skadad?

- Jag tror inte det. Nu verkar det som om alla djuren har kommit av scenen.

- Kan ingen försöka laga trädet innan vi börjar. Det borde vara dags snart.

-Puh vilken scen, vi får hoppas det går bättre när det blir på riktigt.

- Där var den första blinkningen. Gör dig beredd.

- Och där den andra. Nu går ridån upp.

*Ridån går upp. Mitt på scenen står en bandspelare som stannar när
ridån är uppe. Till vänster vid ett bord sitter de två skådespelarna och
dricker kaffe och äter hallongrottor. De reser sig upp och börjar
applådera.*

- Bravo! Bravo! Vilken föreställning!

- Såg du han på tredje raden, vilken rollpresentation.

- Ja, och hon på sjätte då, snacka om inlevelse alltså. Vilken styrka. Hon
kommer att gå långt.

- Vilken bra publik va, det här ger liksom mersmak. Jag tror nästan jag ska
försöka få biljetter till nästa föreställning också.

- Kan vi inte gå och ta en öl efteråt?

- Visst, det är klart. En sån här föreställning måste man ju snacka igenom.
Vad tycket du om dem på övre ytterkanten. Jag tyckte inte att dem höll
hela vägen, de var ganska svaga i början.

- Ja, kanske det, men färgsättning i salongen var ju bara så bra, vilken scenografi alltså, en perfekt blandning av det mörka kostymer och damernas färggranna klänningar.

Skådespelarna går ut i kulisserna.

Kapitel 8: Ett självspelande piano

Författaren och direktören kommer in på teaterscenen. Mitt på scenen står ett gammalt piano med en pianopall framför. Plötsligt börjar pianot spela.

- Vem är det som spelar. Spökar det!

- Säg inte att du är mörkrädd också. Det är ju ett självspelande piano förstår du väl.

- Var inte så säker på det. Pianisten skulle ju också kunna vara osynlig.

- Osynlig? Det strider ju mot all naturlagar, precis som spöken. Jag ska bevisa att du har fel.

Direktören går och sätter sig på pianopallen.

- Där ser du. Det är ingen som sitter här.

- Enligt kvantmekanikens teorier består materien till nästan 99% av tomrum. Om så är fallet kunde osynlighet vara ett tillstånd av utspridd existens, man skulle inte bara upplevas som osynlig utan även som icke-materiell, vilket skulle kunna förklara varför du kan sitta på samma plats som den osynliga. Du sitter helt enkelt i mellanrummet mellan hans utspridda atomer.

- Så det är kvantfysik som står på kvällens schema? Då skulle man också kunna hävda, om man utgår från att det är någon som spelar på pianot och att det inte är ett mekaniskt piano som jag hävdar, att det i rumstidsväven har uppstått en störning, ett kvantskum har uppträtt genom att två parallella universa har kolliderat och därmed öppnat en tidstunnel mellan dem två. Pianot existerar i bägge de parallella universa, medan pianisten bara existerar i den ena. Det vi hör är alltså pianisten som spelar i det andra universa, ett universa som ligger som ett osynligt lager ovanpå vår verklighet, därav kan vi inte uppfatta den andres närvaro. Hans inverkan på vår egen värld är egentligen bara imaginär och varseblivande, då han saknar reell fysisk substans. Man skulle kunna säga att pianisten är lika verklig som de röster som en schizofren kan höra, de tillhör fantasins dimensioner och har ingen fysikalisk eller reella påverkanskrafter utan de rent inbillande.

- Du behöver inte vara så nedlåtande och ironisk bara för att du har en doktorsexamen i kvantmekanik. Men om det nu är ett mekaniskt piano som du hävdar, så borde det inte påverkas av externa önskningar? Eller?

- Nej, det borde inte fungera, då pianot spelar automatiskt.

- Så om jag säger: "Snälla piano kan du inte spela något glatt!"
Pianot börjar spela en glad melodi.

- Märkligt.

- Piano spelar snabbare. *Pianot spelar snabbare.* Piano spela ännu snabbare! *Pianot spelar ännu snabbare!* Piano spela något i adagio!
Pianot börjar klinka frågande.

- Pianot förstår nog inte vad adagio är.

- Piano spela långsamt. *Pianot börjar spela långsamt.* Där ser du att det är någon som spelar på pianot fast man inte ser honom.

- Jag är ändå inte övertygad. Det kunde ju vara en avancerad form av mekaniskt piano, en form av datoriserad musikanläggning med röstigenkänning som kan anpassa sin repertoar till externa önskemål.
Plötsligt ramlar direktören av pallen. Pianot slutar att spela.

- Vad hände. Blev du nedknuffad?

-Jag tror inte det. Det var som om en kall vind grep tag i mig. Jag fick ett ögonblicks svindel. Det svartnade för ögonen.

- Ett spöke!

- Knappast. Hur som helst verkar det som om två diametrala eller om man så vill divergerande åsikter står mot varandra.

- Varför använder du så konstiga ord. Publiken förstår inte vad du menar.

- Förlåt mig, jag drogs ett ögonblick med i det kvasiintellektuella svamlet. Det jag menade var att vi har olika åsikter när det gäller pianot.

- "Att rätt uppfatta en sak och att missförstå samma sak utesluter inte helt varandra." som Kafka sa.

- Nu ska du å din sida inte förutsätta att läsaren eller publiken är bevandrad i Franz Kafkas litterära produktion. Citatet kommer som bekant ur romanen "Processen" där den anklagade Josef K. nyss har fått höra berättelsen "Framför lagen" som prästen har återberättat.

- Du har rätt. Jag menar bara att vi både kanske har fel och rätt på samma gång.

- Men hur förhåller det sig egentligen då?

- Det vet väl inte jag?

- Du är ju författaren. Nu får du bestämma hur det ska sluta. Eller vill du att vi ska överlåta det åt publiken och läsaren?

- Publiken, är du tokig? Vad vet de om metadrama? Det är ingen såpopera som vi sysslar med utan dramatik. Låt mig bara tänka en stund så....Vi går härifrån.

- Okej, om du säger det så.

- Stopp var är du på väg?

- Vi skulle ju gå.

- I föreställningen ja, men inte i verkligheten. När vi har gått från scenen, dröjer det en stund, sedan kryper en liten gubbe fram ur pianot. Han sätter sig på pallen och spelar lite. Sedan går han ut från scenen.

- Och så slutar det där?

- Kanske. Men det kan ju också hända att det efter en stund kryper fram ännu en liten gubbe ur pianot och samma sak upprepas igen.

- Och sen är det slut?

- Nja, inte riktigt, ur pianot kommer ännu en gubbe.

- Tar det aldrig slut?

- Det beror på vilken version man väljer. I den ena kommer gubbe efter gubbe fram ur pianot i en oändlig upprepande cykel.

- Och i den andra?

- Då kommer det bara tre gubbar ur pianot, och när de har gått, så dyker det upp en ny gubbe men bakom pianot.

- Ännu en gubbe!

- Ja, han ha suttit och spelat på ett exakt likadant piano som står bakom det främre, men eftersom det är två pianon som är ställda bakom varandra så ser man bara det ena pianot och därför tror man att det bara finns ett.

- Så det är egentligen gubben på det bakre pianot som hela tiden har suttit där och spelat, när vi trodde det var ett mekanisk piano eller en osynlig pianist. Och sen var händer då?

- Då går gubben ut.

- Och en ny gubbe dyker upp?

- Nej, sen exploderar det främre pianot. Det flyger i luften med en jävla smäll.

- Det fina pianot!

- I samband med den kraftiga explosionen försluts revan i rumtidsväven och den paradoxala dualiteten upphör när det andra universa imploderar.

- Och sen?

- Räcker inte det? Sen är det slut.

- Inte dåligt. Vilken fantasi. Det kunde ha blivit ett intressant drama. Fast det var ju lite synd om pianot. Måste det verkligen sprängas?

- Lite måste man offra för konsten.

- Så sant, så sant.

Direktören och författaren går ut från scenen. Pianot börjar spela.

Kapitel 9: Författarens vrede

Författaren sitter apatisk på en stol mitt på scenen och stirrar rakt ut i luften. Regissören kommer inspringande.

-Vad har hänt! Det händer ju ingenting.

Direktören kommer in från andra sidan av scenen. Svettig och upprörd.

-Varför har handlingen stannat? Vad är det som pågår?

- Jag vet inte. Han bara sitter där.

- Vad är det med honom? Varför skriver han inte? Dramat kan ju inte bara stanna mitt i handlingen. Vad ska publiken säga, och recensenterna? Jag blir rutinerad. Ja, men gör något då människa!

- Vad är det med dig! Varför sitter du bara där? Du måste ju fortsätta skriva, hur ska det annars gå.

- Det blev tomt.

- Vad menar han?

– Inspirationen tog slut. Jag blev så matt. Allt bara försvann scenografi, karaktärer, handling, repliker, allt är borta.

- Det är ju katastrof! Föreställningen måste ju fortsätta. Dramat måste ju få ett slut.

- Jag orkar inte mer. Jag känner mig alldeles tom. Jag tror jag måste gå hem och lägga mig.

- Hem! Vad menar du människa? Är du inte riktigt klok. Du har ju lovat mig tolv scener, vi har ju bara kommit till 9:e! Du kan ju inte bara gå mitt i alltihop. Tänk på publiken för guds skull.

- Och oss. Vad ska det bli av oss.

- Ni klarar er säkert. Det finns så många författare. Det finns säkert någon som vill ta hand om er också.

- Publiken då? Du kan inte bara lämna dem i sticket, de kräver ett slut, det har de betalt för!

- Kräver och kräver! Vad kan dem kräva? Jag har redan gett dem mitt bästa, vad mer kan de begära? Jag känner mig uttömd, dränerad, vad hjälper det då att locka eller hota? Fantasin är sin egen herre, jag kan inte tvinga fram fler repliker.

- Katastrof, katastrof, jag blir ruinerad. Vad ska vi göra?

- Vänta. Han prövar oss? Det är bara en del av dramat, eller hur?

- Vad menar du?

- Han prövar oss, det hela är bara ett tankeexperiment, den utbrända författaren, dramat som riskerar att bli utan slut, det är bara ett spel för gallerierna.

- Du menar, ja, naturligtvis så måste det vara. Han är inte alls utbränd, handlingen fortsätter, dramat fortgår fortfarande. Naturligtvis är det så. Titta! Titta bara på hans hand, hur den plockar så där rastlöst med byxbenet. Det är ett tydligt tecken på aktivitet.

- Det här är inget jävla test. Jag har fått nog. Dramat är slut, det blir inget mer.

Regissören och direktören viskar till varandra.

- Han prövar oss. Jag är säker på det nu. Vi måste försöka provocera honom på något sätt så att vi kan komma vidare i handlingen. För ärligt talat så tror jag inte det här blir så bra teater.

- Du har rätt, det är ganska andefattigt men en utbränd författare, men hur ska vi göra?

- Om vi försöker ta över kontrollen av dramat så kanske vi får en reaktion som kan bryta det här mönstret. Ingen författare gillar att tappa kontrollen över sin text, tror mig jag vet. Gör nu bara som jag säger så ska du se att allt ordnar sig.

Regissören och direktören vänder sig till författaren.

- Oj, oj, oj, en sån otur. Vår författare har blivit utbränd. Aj, aj hur ska det gå. Jag ser ingen annat val än att vi ställa in föreställningen, om inte..

- Vaddå?

- Att vi avslutar dramat själva.

- Men hur ska det gå till?

- Det finns två alternativ. Vi kan ta en tärning och slå fram replikerna och låta slumpen styra hela handlingen. Det har man gjort tidigare med ganska stor framgång. Eller kanske ännu bättre i det här fallet, vi låter helt enkelt publiken eller läsaren bestämma slutet. Vi kan ordna en liten tävling där alla kunde lämna sitt eget förslag och så kunde vi rösta fram ett bra slut. Vad säger du om det?

- Det låter ju som en jättebra idé!

- I helvetet heller! Tror ni att det här är någon flumroman från 70-talet eller en TV-såpa kanske? Det här är konst! Ingen rör mitt manus!

- Vad var det jag sa! Han testade oss bara!

- Du har rätt, det var bara ett experiment.

- Jaså det är vad ni tror! Här vrider man och vänder man på sitt inre, blottlägger sitt allra intimaste, och vad är tacken! Man betraktas som en bluff, ett test. Jag ska nog visa er ett riktigt test.

Författaren tar fram ett anteckningsblock och en penna.

- Han skriver igen! En så lättnad. Teatern är räddad. Ser du han skriver igen.

- Ja, men ja har en obehaglig känsla.

- Jag också, det liksom sticker i armarna, och i ansiktet.

- Aj, aj, jag har fått kramp i benen.

- Vilken smärta det är som om tusen nålar kröp innanför skinnet på mig. Aaaaaj.

- Mitt huvud det exploderar, mina fötter brinner av smärta. O herregud jag står inte ut.

Regissören och direktören vrider sig i smärta på scengolvet. Författaren sitter och hackar med pennan i anteckningsblocket. Slutligen river han ut pappret, knölar ihop det och kastar ut det i publiken. Han reser sig och stannar föraktfyllt framför regissören och direktören som vrider sig i en ordlös smärta.

- Ni har varit olydiga! Ni ska lyda mig, bara mig! Hör ni det! Låt det bli en läxa till nästa gång. Ni är olydiga! Hör ni det. Ni är olydiga.

Författaren försvinner från scenen.

Kapitel 10: Och då säger han...

Hemma hos författaren. Författaren sitter framför sin dator. I köket bredvid är hans fru.

-Kapitel 11. Teaterdirektören kommer in på scenen och säger...

- Älskling kan du ta ut soporna? Jag håller på att laga mat.

- Jag kommer.

Författaren går ut i köket. Återvänder efter en stund och sätter sig vid datorn.

- Han säger...ja, vad säger han? Det är regissören som befinner sig på scenen och då säger han...

- Maten är klar! Kommer du och äter innan det blir kallt?

- Ja, jag kommer.

Författaren går in i köket. Efter ett tag kommer han tillbaka och sätter sig vid datorn.

- Författaren träffar förläggare och då säger förläggaren...

En lastbil brummar utanför fönstret. Några män står och skriker nere på gården. Författaren reser sig upp och går och stänger fönstret. Sätter sig vid datorn.

- Då säger författaren.

Aaaaaaaaaaaaaaaaaaaaaaaaaaaaaaaaaaaaaaaaaaaaaaaaaaaaaaaa.........

- Vad är det som händer? Är du skadad?

- Det är ingen fara med mig, det vara bara en tangent som hakade upp sig på tangentbordet.

- Hm, sånt kan bara hända i ett metadrama.

- Kapitel 11. Hos regissören, förläggaren säger till.

Telefonen ringer.

- Han säger...

Telefonen ringer igen. Författaren stiger upp och svara i telefonen. Han

lägger på.

- Vem var det som ringde?

- Ingen.

-Ingen? Det måste väl ha varit någon?

- Det var bara en felringning. Då säger regissören.

- Ska jag sätta på lite kaffe åt oss?

- Ja tack det skulle vara gott. Nu ska vi se. Direktören säger alltså.

- Kaffet är klart. Kan du hämta det själv, jag måste plocka ur diskmaskinen.

Författaren reser sig upp och går ut i köket. Han kommer tillbaka med en

kopp kaffe och ställer sig framför fönstret. Ute börjar det mörkna. Han

sätter sig igen vid datorn.

- Kapitel 11. Författaren går fram till direktören och säger..

- Tvätten är nog klar nu. Kan du hänga upp den och lägga i en ny maskin?

Jag måste byta blöja på lillan.

Författaren reser sig upp går ut i köket. Han kommer tillbaka efter en

stund, då har det blivit mörkt ute. Han tänder lampan i taket och sätter

sig vid datorn.

– Alltså kapitel 11. Direktören sitter i en fåtölj på sitt kontor när regissören

kommer in och säger...

- Lillan har vaknat kan du gå in till henne, jag pratar i telefon.

Författaren reser sig upp och går ut i köket. Efter en stund kommer han

tillbaka. Han sätter sig vid datorn.

- Han säger...

- Älsking jag går och lägger mig nu. Glöm inte att släcka och låsa. Sitt inte

uppe för länge nu.

- Nej då ingen fara, god natt, vi syns i morgon. Nu ska vi se. Kapitel 11. Författaren säger...ja, vad säger han...han säger...fy fan vad trött jag är...det går ju inte tänka längre, kanske lika bra att gå och lägga sig. Det är en dag i morgon också. Fullspäckat schema som vanligt, lämna barnen på dagis, besikta bilen, några möten på jobbet, köpa en födelsedagspresent på lunchen och så handla mat på vägen hem. Det känns om tiden aldrig räcker till.

Det ringer på dörren.

- Vem kan det vara så här sent. Klockan är nästan elva.

Författaren går och öppnar dörren.

- Du, varför kommer du nu. Jag är ju inte klar än. Kan det inte vänta. Nej, jag förstår, inga uppskov, men hur ska det gå med mitt drama, och med min familj. Ja, jag förstår, det är inte mycket man kan göra åt det. Ja, jag kommer.

Dörren stängs. Författaren kommer inte tillbaka.

 151

Kapitel 11:

Trots ihärdiga efterforskningar har vi inte kunnat lokalisera författaren till

det här dramat. Vi måste därför meddela att vi tyvärr inte kan

säkerhetsställa ett auktoriserat slut. Vi beklagar djupt de problem det

orsakar dig som läsare, och vi förstår verkligen om du blir både irriterad

och arg över detta. Vi garanterar dock att vi kommer att gör allt i vår makt

för att finna en tillfredställande lösning för alla inblandade partner.

Kapitel 12: Deja vu

Förläggaren sitter och läser manuset då han plötsligt reser sig upp.

- Vad är det här! Ett manus utan slut. Det går ju inte! Sånt kan man ju inte

ge ut. Har jag slösat bort hela eftermiddagen på ett ofärdigt manus! Det

var det fräckaste. Om jag bara hade haft den där lurendrejare till författare

här så skulle han få höra ett sanningens ord.

– Goddag min kära förläggare, här är jag igen.

- Åh, är det ni igen.

- Det är roligt att höra att ni är på så gott humör!

 - Vänta har jag inte sett er förut?

- Och har jag inte sagt det här innan. Nu minns jag. Jag var ju här alldeles i

början.

- Ja, men nu närmar det sig slutet.

- Jag glömde bestämt mitt manus här.

- Gjorde ni? Det har jag inget minne av. Åh andra sidan dräller det in en

himla massa papper hit, rent ut sagt så strömmar det en massa skitmanus

genom de här dörrarna så att papperskorgen står proppfull redan till

lunch.

- Men den här gången verkar det i alla fall kommit i rätta händer.

- Vad menar du?

- Det är mitt manus som du håller i handen.

- Ert? Är den här smörjan er? Det saknas ju ett slut!

- Inte alls. Såklart det finns ett slut. Alla berättelser slutar till slut, oavsett om

det har ett slut eller inte.

- Men det är ju inget slut med!

- Det är en annan sak. Att ett manus saknar slut behöver inte innebära att manuset inte är avslutat.

- Man kan väl inte lämna in ett ofullständigt manus för publicering?

- Nu är det varken ofullständigt eller opublicerat.

- Va! Menar du att någon redan har gett ut det här, vem då?

- Jag själv. Jag skrev det, läste det, granskade det och godkände det innan jag publicerade det på Internet. I juridisk mening är det alltså publicerat.

- Så varför stör du mig då?

- För att det hade varit trevligt att ha en liten bok i bokhyllan också, och sedan måste det medges att en bok har större förutsättningar att bli uppmärksammad på de konservativa kultursidorna än en text publicerad på Internet.

- Så ni har ambitioner att bli recenserad också?

- Naturligtvis, ingen skriver för att bli hängd i det tysta.

- Visserligen, det är sant. Jag börjar gilla er. Ni har framfusig på något sätt och ert manus har något visst.

- Så ni tänker ge ut mig?

- Nej, nej, det är helt hopplöst att försöka ge ut dramatik och allra helst ett metadrama. Hade det varit en roman, ja, då kanske... Här har ni ert manuskript och på återseende förmodar jag?

- Ja, kanske det..

Författaren går ut. På vägen ut ramlar ett papper ur manuskriptet.

Förläggaren ser det först när dörren har stängts.

- Vänta, du tappade något..

Tar upp pappret och läser:

Bästa förläggare.

Jag sänder er detta manus, med förhoppning om publicering. Det är ett drama, rättare sagt ett metadrama. Jag har full förståelse om ni anser att det idag är omöjligt att ge ut ett drama, därför kan jag tänka mig att manuset publiceras som en roman. Det borde ju underlätta det hela, eller hur?

Om det mot all förmodan skulle vara så att ni, bästa förläggare, av någon outgrundlig anledning anser att detta manus bör förpassas till förlagets, för ändamålet inrättade brännugn, och därmed under en kort stund värma upp förlagets medarbetares frusna själar, då ber jag er att besinna er ett ögonblick och låta eftertankens klokhet drabba er och betänka den aktuella miljödebatten och framtidens hotande naturkatastrofer, och istället förpassa detta manus till pappersåtvinningen istället.

Högaktningsfullt
Författaren.

EPILOGEN
(2009)

Förspel

En mörk scen med dimma. Det enda som syns är en upplyst

nödutgångsskylt i fonden. Dottern faller i slowmotion ner från taket. Ovanifrån

hörs faderns och läkarens röster.

Fadern: Min dotter hör du mig?

Dottern: Far jag sjunker. Något drar mig neråt.

Fadern: Kom tillbaka! Vart är du på väg!

Dottern: Far rädda mig. Det är så mörkt här nere. Det är så svårt att andas.

Läkaren: Hon är medvetslös igen. Vi kan bara avvakta och se vad som händer.

Dottern. Var är jag? Far jag är vilse, hur ska jag hitta tillbaka?

Fadern: Min dotter följ ljuset! Ljuset ska leda dig.

Dottern går ut genom dörren med nödutgångsskylten.

Skolan

En gammal skolsal med bänkar, elever som ser ut som diktatorer som barn,

Stalin, Lenin, Mao, Hitler m.fl, och en sträng fröken med pekpinne. På svarta

tavlan står det "Tänka fritt är stort, men tänka rätt är större". I fonden

nödutgången.

Fröken: Nå barn. Nu ska vi börja med lite matematik. Vad blir två plus två?

Dottern räcker upp handen.

Fröken: Ja, mitt barn.

Dottern: Det blir fyra fröken.

Fröken: Det verkar som om du inte gjort din läxa lilla vän. Någon annan? Adolf

kan du?

Adolf: Det blir fem fröken.

Fröken: Alldeles riktigt.

Dottern: Men det är inte rätt.

Fröken: Ursäkta?

Dottern: Två plus två är fyra fröken.

Fröken: Jaså det säger du lilla vän, och hur tänker du då?

Dottern: *Lägger upp fyra äpplen på bänken*: Två plus två blir fyra. Se här, en, två, tre, fyra.

Fröken: Du menar en, två, tre, fyra, fem?

Dottern: Nej, fyra, en, två, tre, fyra.

Fröken vrider om örat på dottern. Då försöker vi igen, en, två, tre, fyra, nå…hur många är det?

Dottern: Aj! Fyra?

Fröken: *Vrider om örat hårdare*: Vi försöker igen. Hur mycket blir det?

Dottern: Aaaaj, fem…fem!

Fröken. Just det två plus två är fem, för den starkaste har alltid rätt, eller hur Adolf.

Adolf: Det stämmer fröken. När jag blir stor ska två plus två blir trettioåtta.

Fröken: Så ska det låta Adolf, men nu ska vi ha lite rättstavning. Är det någon som kan stava rätt. Stalin?

Stalin: Ä R T T T T

Fröken: Nej tyvärr, men ganska nära. *Dottern räcker upp handen*. Nå, det kanske går bättre att stava än att räkna?

Dottern: R Ä T T

Fröken. Du är lika hopplös med stavningen som med räkningen. Adolf du vet väl hur man stavar till rätt?

Adolf: Ja fröken. R E T

Fröken: Lysande. Det var rätt.

Dottern: Det måste väl ändå vara fel?

Fröken: Inte alls min lilla vän. Det var alldeles rätt.

Dottern. Men rätt stavas R Ä T T.

Fröken: Det var fel, rätt stavas R E T då blir det rätt.

Dottern: Vad är det här för konstig skola?

Fröken: Det här är livets hårda skola.

Dottern: Men allt ni gör rätt är ju fel. Det är ju fel.

Fröken: Nu har du fått saker och ting om bakfoten lilla vän. Vad som är rätt är aldrig fel och fel kan alltid bli rätt. För det är den som är starkast som bestämmer och allt han gör är rätt om så han rätt och fel vänder.

Dottern: Men så kan det väl ändå inte vara! Rätt är väl alltid rätt och fel är väl alltid fel?

Fröken: Det är inte rätt. En rätt, kan också vara en maträtt, och då blir det ju fel, om det ska vara rätt. För ingen blir väl mätt på rätt om det inte är en maträtt och då blir det ju fel. Men visst kan man bli mätt på en rätt men aldrig på ett fel. Det har aldrig hänt att jag haft fel när jag har haft rätt, men ibland har det varit rätt att ha fel.

Dottern: Jag blir alldeles yr i huvudet av ditt prat.

Skolklockan ringer ut till rast.

Fröken: Nu är det lunch små barn och det är rätt, för det är maträtt och det är ju aldrig fel eller hur? Men ni min unga fröken stannar kvar här och läser på din läxa och tills du lär dig rätt blir du utan maträtt.

Dottern: *Mumlar för sig själv:* 1+1 är åtta, 2 + 2 är tjugotvå, 3+3 är trettiofem, 4 + 4 är en liten myra. *Medan fröken suddar svarta tavlan, smiter dottern ut genom nödutgången.*

Stranden

En strand vid medelhavet. Dottern går ner på stranden och sätter sig i en solstol. På stranden finns redan Mannen som säljer apelsiner och Mannen i rullstolen.

Ma: Här var det fina färska apelsiner. Goda saftiga apelsiner. Kom och köp! God saftiga apelsiner. Nyplockade färska apelsiner.

Mr: Det vattnas redan i munnen på mig. En apelsin ska jag ha denna varma dag.

Ma : Här var det fina färska apelsiner. Nyplockade färska apelsiner.

Mr: Ursäkta, men jag vill köpa en apelsin.

Ma : Goda saftiga apelsiner. Kom och köp! God saftiga apelsiner.

Mr: Jag vill köpa en apelsin!

Ma: Här var det fina färska apelsiner. Goda saftiga apelsiner.

Mr: Hör du dåligt! Jag vill köpa en apelsin!

Ma: Va? Vill du köpa en apelsin?

Mr: Ja, jag kan två stycken. Vad kostar dem?

Ma: Kostar? De kostar...10 000 kr styck!

Mr: 10 000! Är ni galen människa! Är det guldapelsiner du säljer? Du kan få en tio för dem.

Ma: Nä du, 10 000 annars får du vara.

Mr: Det är väl ingen som betalar 10 000 kr för en apelsin?

Ma. Vill du inte ha några så får det väl vara....

Mr: Nä, vänta, låt mig tänka. Vad ska jag med pengar till egentligen? Det har aldrig gjort mig lycklig ändå äger jag miljarder. Och 10 000 vad är det egentligen? Ett sandkorn i öknen, och jag är verkligen sugen på en apelsin. Här ta dessa!

Ma: Vad är det där?

Mr. 10 000 kronor ser du väl! Ge mig en apelsin nu.

Ma: Det kan jag inte.

Mr: Varför inte?

Ma: De är....redan sålda, ja, det var någon annan som hann före.

Mr: Vem då?

Ma: Hon där i solstolen. Hon köpte alla.

Mr. Jag tror dig inte. Du ljuger! Ge hit en apelsin! *Tar en apelsin ur korgen.*

Ma: Stopp vad gör ni!

Mr: Vad är det här. Den är ju alldeles rutten! Den går ju inte att äta.

Ma: Det är inga fel på mina fina apelsiner. De är nyplockade färska apelsiner. Snälla lägg tillbaks den, de är inte till salu har jag ju sagt. Jag ber dig, förstör inte mina fina apelsiner.

Mr: Du kan få tillbaka den. Jag tappade plötsligt aptiten. Tror du verkligen någon vill köpa dina ruttna apelsiner?

Ma: Du förstår inte. Apelsinerna är allt jag har. Om jag inte har dem vad har jag då?

Mr: Inte vet jag. Inga apelsiner i alla fall, men vad är det för mening att sälja apelsiner om ingen får köpa dem?

Ma: Vad är det för mening att drömma om drömmarna inte går i uppfyllelse?

Mr. Drömmar blir i alla fall inte ruttna.

Ma: Nä, de blir bara bittra.

Mr: Jag hade en gång en dröm, men det var så länge sen.

Ma: Jag bara undrar, var är den nu?

Mr: Jag väcktes ur min sömn och drömmen den försvann.

Ma: Men vad handlade den om?

Mr: Om det himmelska berget.

Ma: Vad är det?

Mr: Ett berg byggt av drömmar.

Ma: Vad finns där uppe?

Mr: Jag vet inte, kanske verkligheten.

Ma: Varför tar du inte reda på det?

Mr. Hur ska det gå till? Tror du att jag kan ta mig upp för ett berg med dem här benen. Nej, jag sitter fast här i sanden.

Ma. Jag kan hjälpa dig.

Mr. Du? Varför då?

Ma: Det finns kanske någon däruppe som vill köpa mina apelsiner?

Mr. Det tror jag inte, men vill du hjälpa mig, så är jag inte nödbedd.

Ma: Mot det Himmelska Berget då.

Mr:Ja, mot det Himmelska Berget! *Mannen med apelsinerna börjar putta rullstolen bort från stranden. Dottern reser sig ur solstolen. Tar en näve sand i handen och låter den rinna genom sina fingrar. Går ut genom nödutgången.*

Gubben

Gubben går och rotar i papperskorgen vid en parkbänk. Dottern kommer in.

Dottern: Vad letar du efter.

Gubben: Ordet, jag vet inte var jag har lagt det.

Dottern: Ordet? Menar du det Ordet?

Gubben: Precis. Känner du till det.

Dottern: Jag har ett svagt minne att jag har sett det en gång.

Gubben: Säg mig hur var det? Hur kändes det?

Dottern: Det kändes stort, som en börda. Det fyllde hela själen.

Gubben: Precis. Det måste vara det som jag letar efter. Men vad hände med det sen.

Dottern: Jag kommer inte ihåg. Det försvann, någon slarvade bort det.

Gubben: Det är typiskt, så typiskt. Ena stunden har man det, och den andra är det borta.

Dottern: Vad har ni i asken?

Gubben: Ord.

Dottern: Vilka ord då.

Gubben: Ord som jag en gång trodde var Ordet, men med tiden visade de sig bara vara vanliga ord. Men jag har behållit dem som minnen.

Dottern: Vill du visa mig vilka ord du har hittat?

Gubben: Vill du verkligen det? Ingen brukar vara intresserad av mina ord. De brukar skratta åt mig när jag berättar om mina ord.

Dottern: Jag skrattar inte, jag vill gärna se dina ord. *De sätter sig på bänken. Gubben öppnar asken med orden.*

Gubben: Det här är det första ordet jag hittade. Jag var sex-sju år och såg det inristat på en parkbänk. Linda.

Dottern: Som vira sig runt något.

Gubben. Hä, hä, nog skulle jag tänka mig att vira mig runt henne, men nä, det är ett namn. Linda min första kärlek. Hon var ljuv som en trumpet, smal och glänsande och vilken röst.

Dottern: och sen?

Gubben: Gift

Dottern: Du åt gift?

Gubben: Det var ett ljuvligt gift, kärlekens sanna drog. Jag gifte mig med min älskade Linda.

Dottern: Jaså, och sen?

Gubben: Far.

Dottern: Som i åka någonstans?

Gubben: Nej, nej, som i pappa. Jag blev far till en liten dotter. En liten söt sockersked. Åh vilken gulledocka hon var.

Dottern: Ja, ja, vad hittade du sen?

Gubben: Lik

Dottern: Din dotter var lik dig?

Gubben. Linda var lik.

Dottern: Dottern var lik Linda?

Gubben: Du förstår ingenting. Linda dog.

Dottern: Har du inga fler ord?

Gubben: Räcker inte den olyckan för en enda människa?

Dottern: Inte blir det mycket till mening om jag får säga vad jag tycker." Linda gift far lik". Är det allt du åstadkommit under din livstid?

Gubben: Det räcker väl för en människa? Vem är förresten du som fäller så hårda domar? Vilka ord har du själv samlat på din vandring? Vad döljer sig i ditt hjärta?

Dottern: Bara ett ord.

Gubben: Vilket då?

Dottern: Ordet.

Gubben. Du har funnit Ordet! Jag ber dig, berätta för mig vad det är! Jag har sökt så länge efter det. Kan du inte berätta?

Dottern: Om du är så nyfiken så är det...

Gubben: Ja?

Dottern: Pölsa

Gubben: Pölsa? Skulle det vara Ordet? Pölsa som är så äckligt. En grå tunnflytande sörja av inälvor, nästan som diarré. Jag tror dig inte. Du hittar bara på. Du lurar mig. Jag som trodde du var intresserad, men du är som alla andra, du skrattar bara åt mina ord.

Dottern: Det var inte meningen att göra dig upprörd.

Gubben: Gå din väg! Pölsa, som om Ordet skulle vara pölsa. Gå din väg.

Dottern: Jag går, men först ska du få ett annat ord av mig.

Gubben. Vilket då?

Dottern: Far

Gubben: Som i du åker iväg?

Dottern: Som i min far, min kära saknade far.

Gubben. Men vänta nu! Det ordet har jag ju redan. Varför driver du med mig, en stackars ensam man. Ge dig iväg. Jag behöver inte dina ord!

Dottern: Du förstår inte. Jag ger dig det du en gång tappade. Jag ger dig vad du söker.

Gubben: Ge dig iväg! Lämna mig ensam med min sorg. Jag vill vara ifred.

Dottern: men...

Gubben: Gå, ge dig iväg! *Dottern går tvekande bort. Gubben fortsätter leta i papperskorgen.* Pölsa, vad menade hon med det. Skulle Ordet vara pölsa, det måste vara ett skämt. Men ändå dröjer det kvar, smaken sätter sig liksom i själen. Man kanske skulle spara det i alla fall, för säkerhets skull, man vet aldrig när man behöver ett sånt ord. Ja, jag sparar det för säkerhets skull, jag kan ju alltid kasta bort det längre fram. Pölsa. He, he, det var ett roligt ord.

Det himmelska berget

*Poeten hänger i marionettrådar. Han deklamerar Bo Bergmans dikt
"Marionetter" när dottern kommer in på scenen. I bakgrunden en grå
vädersliten vedbod där Gubben från förra scenen står och sågar.*

Poeten:

"Det sitter en herre i himlens sal,

och till hans åldriga händer

gå knippen av trådar i tusental

från vart människoliv han tänder.

Han samlar dem alla, och rycker han till,

så niga och bocka vi som han vill

och göra så lustiga piruetter,

vi stackars marionetter."

Dottern: Så vackert sagt. Det var som om någon spelade på en sträng inom
mig. En klang som vibrerade djupt inom mig. Mina ögon tåras av glädje. Säg
mig du speleman får man ta hunden med sig in i himmelen?

Poeten: *Ser sig oförstående omkring.* Vilken hund?

Dottern: *Ser sig förtvivlat omkring.* Jag vet inte. Jag fick bara för mig att jag
hade en hund. Som ett minne ur det förflutna seglade det fram ur skuggorna.
Men jag vet inte längre om det var en dröm eller om det bara var livet som gick
förbi min barndoms fönster och ristade ett tecken på min immiga ruta.

Poeten: Du pratar så besynnerligt, men ändå så underbart, dina ord fladdrar
som fjärilar i mina öron.

Dotter: Och dina ord är som ett vattenfall av önskningar för mig. Vem är du
egentligen?

Poeten: Åh ingen, bara en enkel poet som skriver poesi.

Dottern: Poesi vad är det för märkligt tidsfördriv?

Poeten: Poesin är som en lök, man försöker nå kärnan genom att skala av lager efter lager och till slut står man där med intenheten och gråten i sin hand.

Dottern: Vad märkligt för mig verkar livet vara det motsatta. Scen efter scen läggs som lager på lager ovanpå varandra. Intryck, människor, miljöer och tankar sammanfogas och bakas samman till något större än varje del för sig själv.

Den gamle som står och sågar. Sticker ut huvudet från vedboden.

Gubben: Jag tyck live e som pölsa.

Poeten: Pölsa? Det var en märklig liknelse gamle man! Pölsa som är så äckligt! En grå tunnflytande sörja av inälvor, nästan som diarré. Skulle livet vara så?

Gubben: Ja, men dä är ju så gott, mä rödbetor, knäckebrö mä messmör och en kall skummande pilsner...och ett stekt ägg såklart!...eller...det är kanske sånt man har till pyttipanna, ja, det vad det jag mena. Livet är som pyttipanna.

Poeten: Så banalt! Så uselt. Är livet en samling rester som värms upp på morgondagens järn? Nej, livet är den höga kärleken, den rena känslan, de eviga drömmarna.

Dottern: Så vackert sagt! Jag avundas alla de som får lyssna på dina ord. Du måste vara en mycket känd poet som kan uttrycka dig så vackert!

Poeten: Om det vore så väl. Jag säger inte att jag hör till dem dålig, tvärtom är jag ganska bra, men många är kallade och få utvalda som dem säger. Ändå hör jag till den sorligaste sorten av dem alla.

Dottern: Vad menar du? Förklara!

Poeten: Jag hör till de som fått smaka källan men inte fått tillfälle att dricka tillräckligt djupt. Jag hör till de osaliga som gått genom porten men som inte har tillträde till vägen. Osalig vandrar jag genom tomhetens land. Jag är en som inte hör hemma någonstans. Därför hör jag till dem sorgligaste av alla världens poeter.

Dottern: Jag förstår inte vad du menat, ändå tycker jag synd om dig, som om jag såg mig själv i dig. Men har du inga drömmar, något du längtar efter?

Poeten: Ibland känns det som livet är en dröm och orden är verkligheten. Det känns som om jag bara lever när jag skriver. Tanken befrias från vardagens tunga bojor och längtan lyfter mig på breda vingar mot det skimrande landet.

Dottern: Så känner även jag! Att allt det här bara är en dröm. Att det bakom vardagens grå slöja finns något annat, som skulle kunna dras bort som en ridå på en teater och där på scenen i strålkastarljuset skulle mitt verkliga liv utspela sig.

Poeten: Vem är du som tänker som jag, som känner som jag. Du som är min tvillingsjäl i tanken.

Dottern: Jag? Jag är bara en som är vilse och som följer ljuset som leder mig hem.

Poeten: Precis som jag. Du säger vad jag själv tänkte. Åh är det inte underbart att prata med sig själv, att se sig själv i spegeln?

Dottern: *Går runt poeten och studerar hans trådar.* Vad är det här för trådar?

Poeten: Trådar? Vilka trådar?

Dottern: Trådarna som löper som linjer från dina lemmar upp i himlen?

Poeten: Jag förstår inte. *Ser sig om men ser inga trådar.* Är det en liknelse, någon slaga metafor.

Dottern: Metafor, det vet jag inte vad det betyder. Jag menar dem här trådarna. *Drar i trådarna.*

Poeten. Jag ser inga trådar. Vad är det för trådar du talar om?

Dottern: Är du helt förblindad av din egen dröm? Inte ens dina egna ord verkar kunna väcka dig. Vänta så ska jag befria dig. *Klipper av trådarna med en sax.*

Poeten faller handlöst till marken.

Poeten: Vad hände. Det var som om någon klippte av min levnads lust. Så mörkt det är. Vad är livet om inte en grå sörja av död och förintelse. Jag sjunker i denna gyttja. Det är tungt att andas. Hjälp mig innan jag drunknar i den här mardrömmen!

Dottern. Vad är det med dig? Varför ligger du där och gråter? Låt mig hjälpa dig. *Lyfter upp poeten som hänger lealös i hennes armar.*

Sjung för mig poet. Säg något som gör mig glad, som fyller min själ med glädje.

Poeten: "Ångest, ångest är min arvedel / min strupes sår, / mitt hjärtas skri i världen"

Dottern: Vad är det för galla du kräks upp? Det kan väl ändå inte vara dina egna ord?

Poeten: Vad är mitt och vad är ditt? Hela livet har jag lånat och stulit. Hälften tog jag från min mor och den andra hälften från min far. För vad är en människa, ett kollage av känslor och intryck, en själ som remixats runt, en massa tankar som delats ut och tänkts förut. Vem vågar påstå att han äger mig? Ingen och alla? Det är väl det som är kultur. Allt flyter samman, gränserna suddas ut. Lager läggs på lager, intryck och ord hackas och blandas till en enda stor pyttipanna.

Gubben: *Sticker ut huvudet*: Pyttipanna. Ja de är gott de. Med rödbetor, ägg och en kall pilsner.

Dottern: Vad är du för en dysterkvist, du som var så glad alldeles nyss. Några drömmar måste du väl ändå ha kvar?

Poeten: Nej, allt är förgängligt, ett jagande efter vind.

Dottern: Någonting måste du väl längta efter! Känn efter.

Poeten: Det finns en tråd som slingrar sig i min hjärnas labyrinter, men jag bävar att det är ett monster som finns vid trådens slut.

Dottern: Våga! Ta skuttet över dödens ravin! Nå berätta!

Poeten: Det himmelska berget.

Dottern: Var finns där!?

Poeten: Oraklet

Dottern: Oraklet?

Poeten: Hon som kan besvara det som gnager i min själ och som drar mig ner i dyn.

Dottern: Kan hon också visa mig vägen till ljuset?

Poeten: Ja även det?

Dottern: Vad väntar vi på. Mot det himmelska berget.

Dottern och Poeten börjar klättra upp för berget. Längs vägen möter de andra gestalter ur pjäsen. Gubben, Mannen i rullstolen och Mannen med apelsinerna, som strävar, kryper och sliter för att ta sig upp för berget.

Dottern går raskt uppför. Hennes steg blir lättare och friare desto högre upp hon kommer.

Dotttern: Vad skön luften är att andas. Så fritt och lätt det känns att leva här uppe.

Poeten: Jag kan knappt andas. Allt känns så tungt. Jag vet inte om jag orkar mera.

Dottern: Bara en liten bit till. Vi är snart framme. Jag ser toppen. Ge inte upp nu när vi är så nära.

De kommer upp till toppen, där en gammal kvinna med huckle och förkläde sitter och stickar.

Dottern: Vi är framme! Nu kan du ställa din fråga.

Poeten: Jag vet inte om jag vågar. Hon ser så sträng ut.

Dottern: Var inte rädd. *Till gumman*: Mor, det här är Poeten han vill fråga dig om något. *Till Poeten.* Ställ din fråga nu. Var inte rädd.

Poeten: Var hälsad du högt ärade orakel, kunskapens urkälla, jag är bara en simpel poet men min fråga är av yttersta vikt. Jag undrar varför är det så svårt att rimma på pölsa?

Oraklet ser på Poeten och svarar: Bla, bla, blabla, bla, bla. blablablablabal osv. *Poeten börjar glida nedför berget.*

Poeten: Jag förstår inte. Jag glider! Tala högre jag hör inte. Jag glider! Rädda mig innan jag faller ner i avgrunden. Rädda mig... *Poeten försvinner nedför berget..*

Oraklet: Du är sen. Din far har väntat länge på dig.

Dottern: Jag gick vilse mor. Jag har sökt ljuset men jag kunde inte hitta rätt bland alla dessa irrljus.

Oraklet: Sånt händer ofta i drömmen min dotter. Se där uppe, där ser du det rätta ljuset. Följ det och du är snart hemma.

Dottern: Kommer du snart hem mor?

Oraklet: Jag ska bara bli klar med den här stickningen först. Förra gången tappade jag en maska och då gick allt åt helvete.

Dotter stiger upp i himlen i ett starkt ljus.

Slutspel

Läkaren: Jag tror hon vaknar nu.

Fadern: Min dotter du är tillbaka. Jag var så orolig att du hade gått vilse.

Dottern: Jag drömde så otäckt, att detta var en dröm och drömmen verklighet.
Att två plus två var fem och att jag aldrig skulle hitta hem.

Fadern: Lägger man ihop saker rätt så blir det ofta fel, men räknar man fel så
blir det rätt.

Dottern: Jag förstår inte far. Vad menar du?

Fadern: Ta det lugnt min dotter, vila dig nu, du har varit ute på en långa resa.
Du behöver inte förstå livet, du behöver bara leva det.

Dottern: Och sen, vad händer sen?

Fadern: Sen vaknar man ur drömmen och inser att verkligheten också är en
dröm som man snart måste vakna ur.

Dottern: Jag förstår inte. Allt verkar så komplicerat.

Fadern: Det finns inget att förstå. Vem kan förstå drömmen? Vila dig nu. Slut
dina ögon och vila. Jag är här när du vaknar igen. Jag väntar på dig vid ljuset.
Sov min dotter, sov.

Läkaren: Hon sover igen. Jag tror det är bäst att vi avlägsnar oss. Sch, var
tysta, stör inte den som drömmer om livet.

DEN LOGISKA SVITEN

(2009-2011)

Monolog för två

Scen: *Två identiska författare, det kan vara två män eller två kvinnor sitter på varsin köksstol och skriver synkroniserat på sina laptoppar. Scenen är tom förutom stolarna och författarna. De märker inte att salongens fylls på med publik utan är helt inne i sitt skrivande. När ljuset i salongen släcks, tittar Författaren A upp. Under hela monologen sitter Författaren B och skriver på sin laptop, det ser ut som om han dikterar den andres ord, med enstaka tankepausar, då han lyfter blicken för hitta ett ord eller liknade.*

Författaren A: Åh, är ni redan här? Det hade jag inte riktigt räknat med. Ni förstår, jag är inte riktigt klar, det fattas några repliker på slutet, nej, nej oroa er inte, det är bara några rader sen är det klart. Slutet är litet trixit förstår ni, man måste så att säga knyta ihop säcken. Man vill ju inte att publiken ska bli besviken, när de suttit en hel timma och väntat på finalen, och så faller den ihop som en sufflé. Början däremot, den är ganska lätt, man tar en person, så har man en monolog, tar man två så får man en dialog, och tre, ja, det skulle väl bli en trekant då. Ni förstår vad jag menar. Det är enkelt att kasta ut sig några repliker och få igång hela pjäsen, men när man kommer längre in blir det lite svårare, ja, man måste ju hålla reda på vad som har hänt tidigare och så där. Man kan inte helt plötsligt skriva att Stina står och kramar Pelle, om hon dog i förra scenen. Visst går det, det är ju det som är det roliga med teater, man kan ju göra vad man vill egentligen. Som författare är det bara att skriva på, ja, kanske inte hur som helst. Det finns ju förstås en del regler och konventioner om hur det borde vara. Karaktärerna ska utvecklas, relationer skapas, handlingen gå framåt och spänningen byggas upp. Helst ska man inte bryta den episka illusionen. Det betyder att ni som publik inte ska fatta att det här är teater, att det är någon som hittat på det här som händer på scenen, utan att det ska kännas som om det kunde hända på riktigt. Låt mig ta ett exempel. Om jag hoppar ner från scenen *Hoppar ner från scenen och går fram till en person i publiken på första raden* och går fram till dig här på första raden och säger "God dag jag heter Konrad". Ja då bryter jag ju den episka illusionen, för hur kan en karaktär i ett fiktivt drama gå och hälsa på publiken? Det är ju lika absurt som om filmhjälten skulle hoppa ur filmduken och hälsa på någon i biosalongen. Men nu är ju kruxet att ni inte vet om jag verkligen är en karaktär i ett drama. Jag kan mycket väl vara författaren till dramat. Föreställningen har ju inte börjat. Jag har ju inte ens skrivit färdigt dramat, då är det ju en verklig författare som hejar på dig och då blir det ju verklighet och inte fiktion. Men sen så kan det ju vara så att dramat handlar om en författare som kliver ner från scenen och hälsar på publiken bara för att bryta den episka illusionen och då är det väl fiktion eller rättare sagt ett metadrama eftersom fiktionen diskuterar dramats konventioner. Svårt att hänga med? Vad tror ni då det inte är för författaren, som måste hålla reda på alla dessa människor som ska springa fram och tillbaka på scenen och som inte riktigt vet vad de vill. Mitt i natten kan de plötsligt dyka upp och kräva att man ska skriva klar en scen. –Snälla kan inte jag få bli kär i Lotta, den där Pelle är så otäck, det är väl bättre om jag får gifta mig med henne. Det tror jag publiken skulle vilja. Snälla jag kan väl få det. Eller så blir de upprörda och gormar och skriker i ens öra. –Vad i helvetet menar du med att jag dör i första scenen. Överkörd av en spårvagn, vad är det för jävla sätt. Nej, det får du allt ta att ändra, jag ska vara kvar hela pjäsen. Jag har huvudrolls potential. Du får allt skriva om det här. Jag går inte härifrån förrän du har ändrat i dramat. Och så finns det de tysta, som bara står i skuggan, som man inte riktigt ser. *I kulissernas skuggor dyker en gestalt upp som blygt tittar på författaren.* Man får liksom locka och plocka för att få fram några ord. Gestalter som glider genom fingrarna, som man aldrig får något grepp om. Vem är dem? Vad gör de här? Vad vill de? *Upptäcker gestalten i kulissen.* Vem är du? Vad gör du här? Vad vill du? *Gestalten ser rädd ut, vill dra sig undan.*

Vänta, var inte rädd. Jag ska inte göra dig illa. Jag vill ju bara veta vad du vill?

Gestalten: Jag...

Författaren A: Ja, du behöver inte vara orolig. Jag ska inte göra dig illa. Nå, vad ville du?

Gestalten: Jag söker en författare.

Författare A: En författare? Vad vill du en författare?

Gestalten: Jag är en roll som inte har någon författare.

Författaren A: Vad menar du? Alla roller har väl en författare. Roller uppstår väl inte ur intet?

Gestalten: Jag har ingen författare.

Författaren A: Är du författarlös din stackare? Din författare kanske dog mitt under skrivprocessen så du blev lämnad vind för våg. Tror mig sånt hemskt kan faktiskt hända. Alla dessa författarlösa roller som driver omkring på teatrarna. Det är sorgligt att se hur de tigger och bönar och ber att någon annan författare ska vara barmhärtig och sig an dem och göra deras roller fullständiga. Nå, vem är du då? Vilken karaktär spelar du?

Gestalten: Jag är någon.

Författaren A: Det var inte mycket till rollpresentation. Någon. En ganska tunn karaktär låter det som. Till vilken typ av drama skapades du då?

Gestalten: Jag vet inte. Det var ganska tomt. Öde liksom. Det hände inte så mycket på scenen.

Författaren A: Nähä, men i vilka scener var du med i?

Gestalten: Alla tror jag, men inte i någon. Jag menar jag var aldrig med på själva scenen.

Författaren A: Mystiskt. Varför skapar någon en rollfigur som inte är med på scenen? Du kommer inte ihåg vad din gamla författare hette?

Gestalten: Nej, tyvärr.

Författare A: Inget mer som du kan berätta om dig själv, du kommer inte ihåg någon replik som du sa i pjäsen?

Gestalten: Jo, "Inget mer som du kan berätta om dig själv, du kommer inte ihåg någon replik som du sa i pjäsen?"

Författaren A: Men det sa ju jag alldeles nyss.

Gestalten: Men de sa ju jag alldeles nyss.

Författaren A: Låt bli att upprepa mina repliker.

Gestalten: Låt bli att upprepa mina repliker.

Författaren A: Sluta säga jag! *Rusar upp på scenen och ställer sig ansikte mot ansikte mot gestalten, under följande dialog roterar de runt varandra och byter plats. Gestalten har samma kläder, frisyr etc som författare och övertar under replikskiftet författarens roll.*

Gestalten: Sluta säger jag!

Författaren A: Vem är du?

Gestalten: Vem är du?

Författaren A: Vad gör du här?

Gestalten: Vad gör du här?

Författaren A: Vad vill du?

Gestalten: Vad vill du?

Gestalten som nu har blivit **Författaren A**: Ge dig av! *Författaren A som nu är Gestalten försvinner i kulisserna. Författaren går långsamt till sin stol tar upp laptopen, sätter sig ner och börjar skriva. Nu tittar Författaren B upp. Under hela monologen sitter Författaren A och skriver på sin laptop, det ser ut som* *om han dikterar den andres ord, med enstaka tankepausar, då han lyfter blicken för hitta ett ord eller liknade.*

Författaren B: Åh, är ni redan här? Det hade jag inte riktigt räknat med. Ni förstår, jag är inte riktigt klar, det fattas några repliker på slutet, nej, nej oroa er inte, det är bara några rader sen är det klart. Slutet är litet trixit förstår ni, man måste så att säga knyta ihop säcken. Man vill ju inte att publiken ska bli besviken, när de suttit en hel timma och väntat på finalen, och så faller den ihop som en sufflé. Vänta säger ni! Det här har vi redan hört. Det är ju bara upprepningar om vad som sas i början av pjäsen. Ja men det var inte jag som sa det eller var det kanske det va? Samma sak kan väl sägas av två olika personer och ha två olika innebörder. Och en person som hör samma sak två gånger kan väl tolka vad som sägs på olika sätt? Eller hur? Man måste väl ända tro att människor utvecklas och förändras och påverkas även om det bara rör sig om en teaterpjäs. Eller är ni exakt samma människor när ni gick in i salongen och hörde mig säga "Åh, är ni redan här?" och när ni alldeles nyss hörde samma replik? Nä, jag tänker inte blir existentialistisk, jag är inte speciellt förtjust i filosofiska funderingar eller psykologiska utvärderingar för den delen, men man får väl undra om det är något som jag säger som påverkar er eller om det bara rinner rakt igenom. Om ni bara sitter där för att bli förströdda och underhållna, så ni efteråt kan gå ut på krogen och bälga röd vin och känna er stolta för att ni har varit så jävla kulturella. Jag vill inte göra er besvikna, men jag är inte här för att underhålla, jag är ingen nöjesmaskin. Jag skiter faktiskt i vad ni tycker. Jag har inte blivit författare för att tillfredsställa någon, jag har blivit författare för att säga vad jag tycker utan kompromisser. I min värld är jag Gud, skaparen, en enväldig diktator över handlingen, karaktärerna miljöerna och replikerna. Scenen är mitt universum, ni är bara åskådare. Deet skkkk vvaa. Plött. Jag int vet, Vad nu

nununnunununu.näääääääää pxt, junk txt txt txt psssss hmmmm.dddeee pp

ppp oon och då då ddåååå sk sks sksk sks

saaaaaaaaaaaaaaaaaaaaaaaaaaaaaaaaaaaaaaaaaaaaaaaaaaaaaaaaaaaa

aaaaaaaaaaaaaaaaaaaaaaaaaaaaaaaaaaaaaaaaaaaaaaaaaaaaaaaaaaaaa

aaaaaaaaaaaaaaaaaaaaaaaaaaaaaaaaaaaaaaaaaaaaaaaaaaaaaaaaaaaaa

aaaaaaaaaaaaaaaaaaaaaaaaaaaaaaaaaaaaaaaaaaaaaaaaaaaaaaaaaaaaa

aa. Jävla datorhelvete! Tangentjäveln har ju fastnat. Jag blir fan mig galen. Hör

du det din jävla maskinjävel. Sluta nu! Jag kastar dig i väggen. Jag lovar! Jag

bli fan mig less. Varför händer det alltid mig. Datorjävel, vakna då! Jag har ju

fan inte sparat skiten! Skärp dig. Hör du! Funka då för fan! Men va fan nu då,

den dog! Helvete! Det är inte sant! Krascha den? Jävla, jävla skit!

Författaren A reser sig och kastar datorn med full kraft ner i golvet och går

rasande ut i kulissen.

Författaren B går långsamt fram till sin stol. Tar upp sin dator och börjar

skriva. Efter en stund ser författaren upp och säger: Åh, är ni redan här? Det

hade jag inte riktigt räknat med. Ni förstår, jag är inte riktigt klar, det fattas

några repliker på slutet, nej, nej oroa er inte, det är bara några rader sen är det

klart. Slutet är litet trixit förstår ni, man måste så att säga knyta ihop säcken.

Man vill ju inte att publiken ska bli besviken, när de suttit en hel timma och

väntat på finalen, och så faller den ihop som en sufflé. Men vänta, vänta nu,

jag tror jag har det perfekta slutet här. *Plockar fram en bok ur fickan, bläddrar*

fram till slutet och läser:

"Så slutar

historien om en resa.

Med öron och ögon har ni uppfattat

det sedvanliga, det allmänt förekommande.

Emellertid ber vi er:

finn det långtifrån sällsynta underligt

och det alldagliga oförklarligt!

Må det sedvanliga väcka er häpnad!

Må regeln erkännas som missbruk,

och när ni erkänt missbruket

så skaffa bot!" (ur Brecht "Regeln och undantaget")

En tittskåpsteater. Scenen är som en vit kub, tom och ljus, men inte ljusare än att en film kan visas. Under cirka 3-5 minuter händer ingenting på scenen, sedan hörs ett svagt ljud från en motor. Filmduken hissas ner från taket. En gammal filmprojektor sätter igång, men den visar ingen film, man ser bara en vit bild med ett hårstrå och lite smuts som fladdrar framför linsen. Efter ett par minuter, tonas plötsligt ett landskap fram. I horisonten ser man en mörk skog, i förgrunden ligger ett fält med ett tunt snötäckte. Filmen är stum och har Blair Witch Project känsla över sig. Efter en stund ser man en suddig svart gestalt komma springande över fältet mot kameran. När hela bilden är fylld av mannens skräckfyllda ansikte hörs ett skrik i salongen "Skräcken, skräcken". Filmen tar slut och författaren och regissören kommer raskt gående över scenen.

R: Vänta! Vad är det här för något?

Författaren stannar mitt på scenen och ser på regissören.

F: Vad menar du?

R: Vad är meningen med allt det här. En tom scen, en vit filmduk och den där B-iga filmen sen. Tror du publiken ha betalt 200 spänn för att se det här?

F: Du fattade det inte?

R: Vad då fattade? Det var ju helt jävla meningslöst.

F: Har du någonsin hört talas om konstnären Malevitj?

R: Ja det är väl klart.

F: Han gjorde en målning med en vit fyrkant på vit botten. Tror du att någon kallade den helt jävla meningslös? Den tavlan hänger nu Museum of Modern Art i New York och är en av konsthistoriens viktigaste verk. Se dig omkring. Den vita scenen, en skulptural kub, där den vita filmduken sänks ner. Det är helt enkelt en multimedial parafras på Malevitjs konstverk. Eller tror du att jag bara hittar på? Att det här bara är kejsarens nya kläder, att jag skulle lura publiken på 200 spänn för att sitta och titta på en tom scen? Vilka tror du egentligen sitter där ute i salongen? Hälften är ju för fan min släkt och mina vänner, tror du att jag skulle lura dem?

R: Nä, det är ju klart. Men det var ju inte vad vi hade kommit överens om. Du sa att du skulle göra en dramatisering av Joseph Konrads roman "Mörkrets hjärta".

F: *Knäpper regissören på näsan.* Vad tror du filmen var då, nån jävla reklam för min nästa pjäs kanske? Den visar ju hur människan kommer ur det primitiva mörkret och springer mot civilisationens ljus. Personen i filmen utbrister ju för fan den mest kända repliken i hela romanen "Skräcken, skräcken". Har du inte läst den?

R: Det är ju klart, men jag kände bara inte igen det i sammanhanget. Men är det allt?

F: Allt!? Här har jag gestaltat de stora frågorna i livet och det enda du kan säga är: "Är det allt!"

R: Men föreställningen har ju bara hållit på i 10 minuter, en vanlig pjäs brukar vara minst en timme. Publiken förväntar sig mer för pengarna.

F: Mer? Det blir inget mer.

R: Men publiken kommer ju att bli rasande när de förstår att pjäsen redan är slut.

F: Ja, men berätta inte att den är slut då.

R: Ja, men tänk om det blir förbannade ändå. Det kanske blir upplopp? Vad ska vi göra då?

F: Jag är inte det minsta orolig. Här på scenen är vi säkra.

R: Vad menar du?

F: Vi är ju karaktärer i ett drama. Vi är ju bara fiktioner. Ingen kan komma åt oss här.

R: Är du säker?

F: Ser du den här linjen? *Pekar på scenkanten.*

R: Ja, scenkanten.

F: Där går det en osynlig linje. Ingen i publiken kan överskrida den, och vi kan inte gå över den. Den linjen skiljer scen från salong, fiktion från verklighet, och aldrig kan de mötas. Amen.

R: Men jag hört om märkliga experiment där det faktiskt har hänt. Där skådespelare har gått ut i salongen och publiken kommit upp på scenen.

F: Ha, ha! Bara rykten min vän. Det har aldrig bevisats att det någonsin har hänt. Det är sånt som suspekta dramatiker försöker göra sig ett namn på bara. Ja, genom att inbillar folk att de kan gå över gränsen och rasera den osynliga muren mellan skådespelare och publik. Visst får de en del uppmärksamhet, men när de väl kommer upp på de stora scenerna och ska bevisa sina förmågor, vad tror du då händer? Då är det plötsligt ingen som kan överskrider gränsen utan man kommer istället med mediokra bortförklaringar, som det är inte tradition på den här teatern, publiken är inte redo, skådespelarna vill inte. Skitsnack! Det går helt enkelt inte att överskrida gränsen. Den som säger något annat ljuger!

R: Så vi är helt säkra här då?

F: Absolut!

Regissören går fram till kanten och ser sig omkring. Han känner sig för, som en pantomimare, längs en osynlig glasvägg ut mot publiken.

F: Vad gör du?

R: Kollar att det inte finns några sprickor eller hål.

F: Det finns inga sprickor. Det är som ett vattentätt skott, omöjligt att bryta sig igenom.

Regissören fortsätter att granska den osynliga väggen. Plötsligt åker handen igenom väggen. Han drar snabbt tillbaka handen och ser rädd på den. Känner efter igen. Stoppar ut handen och vinkar till publiken.

R: Det är ett hål här!

F: Struntprat. *Får se handen som sticker ut från väggen.* Herregud! Vad har du gjort! Ta genast in den innan någon ser det.

R: Jag skulle ju bara...

F: Fattar du vad du har gjort? Tänk om någon såg dig? Då är vi förlorade. Vi får försöka distrahera publiken. Sjung något vet jag.

R: Jag kan ju inte sjunga. Jag vägrar. Förresten är allt det här ditt fel, det var du som skapade den här situationen med din meningslösa pjäs. Hade du gjort en riktig föreställning från början så skulle vi inte ha varit i den här situationen.

F: *Börjar sjunga:* Bä, bä vita lamm, satt på restaurang, gissa vad han gjorde, bajsa under bordet. Jag tror de gillade det där. Några skrattade i alla fall. Vänta jag kan en till. *Börjar sjunga:* Uppe på berget finns ingen polis, där kan man gå naken och släppa en fis. Hur mycket är det egentligen kvar av den där timme som en föreställning ska hålla på?

R: *Tittar på klockan.* Fyrtifem minuter ungefär. Jag hoppas att du kan många sånger om du tänker underhålla publiken på det där sättet.

F: Det kan jag inte. Jag kan inga flera, men vänta, vi kan kanske... *Känner i sina fickor och får fram en fjärrkontroll.* Vi kan kör filmen baklänges, då går det ju lite tid. *Riktar fjärrkontrollen mot filmprojektorn som startar och filmen kör igång baklänges. "Skräcken, Skräcken" sägs baklänges, man ser hur mannen backar in i skogen, men filmen fortsätter nu in i skogen, långt, långt in i skogen fortsätter filmen tills mannen kryper baklänges ner in i en mörk grotta, och sedan allt djupare och djupare ner i grottsystemet, som blir*

trängre och trängre, tills ett vitt ljus växer sig allt starkare och plötsligt ser

man scenen med Författaren och Regissören på filmduken.

R: Vilka är det där?

F: Det är ju vi?

R: Vad gör vi där? Vi är ju här?

F: Jag vet inte.

R: Men gör något då? Jag vill inte vara med i en film, jag är

teaterskådespelare. Min plats är på scenen.

F: Vad ska jag göra? Jag kan ju inte hoppa in i filmen och dra ut dig, eller hur?

Filmen ändrar nu karaktär. Istället för att visa vad som händer på scenen

börjar aktörerna spela upp handlingen där Författaren visar Regissören

scenkanten. När Regissören upptäckt hålet börjar de två nu att riva ner den

osynliga väggen och kryper sedan ut från filmduken.

R: Vad gör vi?

F: Jag vet inte, det ser ut som om vi försöker rymma från filmen.

R: Vart tog dem vägen?

F: Ut i... ut i... hur ska jag kunna veta det? Det är borta. Hur lång tid är det

kvar nu av föreställningen.

R: En halvtimme ungefär.

F: Vi kan dansa lite för publiken. Det gillar dem säkert. Det är ju populärt på

andra teatrar. *Börjar dansa lite, hoppar och studsar omkring på scenen.*

Slutar efter någon minut. Usch det var jobbigt, jag måste gå och dricka lite

vatten.

R: Lämna min inte ensam här, jag följer med dig. *Regissören och Författaren*

går av scenen till vänster. Strax därefter kommer de tillbaka från höger.

F: Vart är vi nu då?

R: *Ser sig omkring får syn på filmduken som visar en tom scen.* Vi är i alla fall inte där längre. Vi har nog kommit lite längre ner i berättarstrukturen skulle jag tro.

F: Du har rätt. Det känns som om vi kommit lite närmare publiken nu.

R: Ja, titta! Nu ser man ju dem också. Man skulle nästan kunna spotta rakt ut på dem. *Harklar sig och tar sats som för att spotta ut i salongen.*

F: Skit i det! Vi måste vidare. Se om du hittar någon utgång. *De börjar undersöka alla hörn och kanter av scenen. Till slut står de och känner på den osynliga väggen mellan scenen och salongen. Efter ett tag hittar Författaren hålet.* Här är ett hål! Kom och hjälp mig. *De börjar riva ner hålet och göra det så stort att de kan klättra ut och ner i salongen.*

R: Du?

F: Ja vad är det.

R: Det känns så annorlunda, man är liksom mer människa nu.

F: Det är väl klar, vi är ju en del av publiken nu. Förresten borde inte den där pjäsen vara slut nu. Har vi inte väntat tillräckligt länge?

R: Jo, nu får det räcka. Vi går. Det var ju helt jävla meningslöst att se den här föreställningen, pengarna kunde man ju ha sparat och köpt bärs för istället. *Regissören och författaren går ut ur salongen. När publiken börjar resa sig från bänkarna dyker Författaren och Regissören upp på scenen.*

F. Titta! Publiken verkar haft fått nog. Det har nog gått en timme nu. Det blev lite otäckt där en stund.

R: Nu är det i alla fall slut. Men nästa gång får du göra en riktig föreställning inget sånt där metatjafs. Jag klarar inte av sån här pärs till.

F: Jag har faktiskt redan en ny jättebra idé. Det ska vara en pjäs där man spelar för stängd ridå. Hela scenen ska vara täckt av hö och i mitten ska det brinna en öppen eld och ska det komma in 12 elefanter, 8 hästar, 6 apor och en albino katt!

R :Vad tror du brandmyndigheten skulle säga om att vi fyller hela scenen med hö och har en öppen eld i mitten?

F: Vem bryr sig om myndigheter när man sysslar med konst? Föresten är det bara fiktion. Vad kan hända?

Regissören och författaren går av scenen.

Språktimmen

Scen: *Gubben som ser ut som en hötorgsmålning av fiskaren, men vitt skägg, pipa, sydväst, brun oljerock och blå halsduk sitter hukad framför en gammal transistorradio och lyssnar koncentrerat på sjörapporten. Gumman, som ser ut som hon kommit direkt från Whistlers målning "Arrangemang i svart och grått: Konstnärens moder", sitter i en stol bredvid och virkar.*

Radion: Tyska bukten, nordost 8-13 m/s, sakta avtagande, morgon bitti 5-8, god sikt, Fiskebankarna nordost, 5-8, i natt nordväst, mest god sikt, Skagerak först nordost 5 men i eftermiddag växlande senare ikväll sydväst då 7-11, god sikt, Kattegatt, nordväst 3-7, kommande kväll sydväst 7-11 god sikt... *När sjörapporten är slut knäpper Gubben av radion och lutar sig tillbaka.*

Gumman: Jag förstår inte varför du ska envisas med att lyssna på sjörapporten. Vad det kan det vara bra för? Vi bor ju mitt inne i skogen långt från havet?

Gubben: Ja, men jag tycker det känns tryggt på något sätt. Rösten är rytmisk och suggestiv. Det är nästa som poesi.

Gumman: Poesi? Vad är det för struntprat! Du förstår väl inte ens vad de säger? Det är lika obegripligt för dig som ekonominyheterna. Skulle man byta ut dem skulle du inte märka någon skillnad.

Gubbe: Begripa och begripa. Jag tycker om det har jag sagt, sen om jag begriper det eller inte spelar väl ingen roll. Det finns väl ändå inget hav här eller hur?

Gumman: Det är ju det jag säger. Varför lyssna på något som du inte behöver?

Gubben: Men jag har ju alltid gjort det. Det är en vana, det känns tryggt tycker jag.

De sitter tysta en stund

Gumman: Jag träffade förresten Andersson nere vid affären. Han kom gående med en lite mopsig sak som bara bjäbbade. Jag tål inte hundar sa jag till honom när han kom mot mig. Ja, men inte behöver Frida var rädd för lilla Toker. Han är så snäll så. Gör ingen fluga förnär. Det bryr jag mig inte om sa jag. Jag tål inte hundar. Men Frida lilla, vad är det för fel på hundar, de är ju trevliga och trogna djur? Hör du dåligt, människa. Jag tål dem inte! Du behöver inte blir arg för det. Men vad är det du inte gillar med hundar? Jag bara undrar. Jag nyser av dem, sa jag. Jaså du är allergisk mot hundar, varför sa du inte det med en gång. Det sa jag ju, jag sa ju att jag inte tål dem. Jo, men jag trodde att Frida menade att hon inte tyckte om hundar. Det gör jag inte heller, jag tål dem inte, de är ena otäcka djur. Fulla med loppor och så bits dem. Då blev han tyst och gick bara sin väg. Tror du han blev förnärmad?

Gubbe: Jag träffade också Andersson nere vid affären, sonen alltså. Han kom sparkande på en spark, han hade inte ens en sparkdräkt på sig utan sparkade näck. Då sa jag åt honom att på bilen där borta sitter det däck, och på sparken din finns det sparkdäck, men själv så sparkar du ju omkring näck. Vet du vad han svarade på det?

Gumman: Nä, hur skulle jag kunna veta det.

Gubben: Då sa han bättre näck än väck som dig tjocka gubbe!

Gumman: Det var väl bra fräckt sagt?

Gubben: Men ganska listigt tycker jag. Du ska se att han blir kommunalpolitiker som far sin.

Gumman: Men du är ju inte speciellt tjock. Vad menade han med det?

Gubben: Menade och menade, jag tyckte det var finurligt sagt. Jag visste inte ens vad jag skulle svara på det. Utan stod där som ett fån.

Gumman: Det gör du ju alltid oavsett om man frågar vad klockan är, eller vad det ska bli för väder.

De sitter tysta en stund.

Gubben: Man kanske skulle gå och se till båten.

Gumman: Varför då? Den ligger väl bra där den ligger. Vad kan hända med den?

Gubben: Ja, men det är ju något jag brukar göra varje kväll.

Gumman: Men det regnar ju ute. Det kan väl vänta tills i morgon?

Gubbe: Ja det kan väl det, det brukar det kunna göra.

Gumman: Hur länge är det sedan du köpte båten nu?

Gubben: 37 år.

Gumman: Jag förstår inte vad du tänkte på. Köpa en båt när man bor mitt i skogen, det är ju flera mil till närmaste sjö. Det hade varit bättre om vi använt pengarna till en bröllopsresa istället.

Gubben: Ja, men jag tycker om båtar. Det är en speciell känsla att äga en båt.

Gumman: Men den ligger ju bara där bakom uthuset och ruttnar sönder.

Gubben: Vad spelar det för roll? Det finns ju ändå ingen sjö här runt omkring så det spelar väl ingen roll om den inte går att använda den eller hur?

Gumman: Det är ju det jag säger. Varför köpte du den för då?

Gubben: Jag ville ha en båt, och det var en bra båt och priset var inte dåligt heller.

Gumman: Ja, priset kan man inte säga något om. Det var ju ett bra köp, men jag kan ändå inte förstå vad du tänkte på när du köpte den.

Gubben: Att jag ville ha en båt, annars skulle jag väl inte ha köpt den?

Det ringer på ytterdörren.

Gumman: Ska du inte öppna?

Gubben: Det är ändå ingen där, det är säkert bara något elektriskt fel på ringklockan.

Det knackar på dörren.

Gumman: Ska du inte öppna?

Gubben: Det är säkert bara vinden som bankar på dörren.

Någon ropar - Hallå! Är det någon hemma!

Gumman: Ska du inte öppna?

Gubben: Det är nog borta hos grannen de ropar.

Gumman reser sig.

Gumman: Om du inte ville öppna dörren kan du väl bara säga det.

Gumman går ut i hallen och öppnar dörren. När hon kommer tillbaka har hon herr och fru Svensson med sig. De ser precis ut som paret i Grant Woods målning "American Gothic" med högaffel och allt.

Gumman: Titta vilka som kommer på besök. Det är våra grannar herr och fru Svensson.

Hr Svensson: Vi tog med oss högaffeln.

Gubben: Jag ser det.

Fr Svensson: Vi hittade den när vi städade förrådet i går.

Gumman: Vad trevligt för er.

Fr Svensson: Vi tänkte lämna tillbaka den.

Gubben: Jaså?

Hr Svensson: Ni har väl saknat den kan jag tänka?

Gubben: Nej.

Fr Svensson: Men nu får ni tillbaka den.

Gumman: Varför då?

Hr Svensson: Det är er högaffel förstås.

Gubben: Den är inte vår.

Fr Svensson: Inte? Är ni säker.

Hr Svensson: Det måste ha varit minst tjugo år sedan jag lånade den. Det var när vi flyttade in huset. Sen har jag glömt bort den. Det var först igår när vi städade ur förrådet som vi hittade den. Den stod längts bak i hörnet gömd bakom ett par blå hängselbyxor.

Gubben: Det kommer jag ihåg. Det är mina byxor.

Hr Svensson: Är du säker?

Gubben: Säker som natt och dag. Jag lånade ut dem till dig i samma veva som högaffeln.

Fr Svensson: Då är det er högaffel ändå.

Gubben: Nej, min hade rött handtag, den här har brunt.

Gumman: Är du säker? Den hade väl blått handtag?

Hr Svensson: Men vems är den här då?

Gubben: Det vet jag inte. Ni hittade ingen annan högaffel?

Fr Svensson: Tyvärr, det här var den enda vi hittade.

Gubben: Byxorna. Vad har ni gjort med dem.

Hr Svensson: Ähh...byxorna...

Fr Svensson: Vi brände upp dem. Förlåt oss men de var alldeles mögliga.

Gumman: Lika bra det. Du har blivit för tjock, de skulle ändå inte passa dig längre.

Hr Svensson: Med det är ändå förargligt det där med högaffeln. Undra vart den tog vägen? Ni vill inte ha den här ändå, det är ju en bra högaffel, även om det är fel färg.

Gubben: Har vi varit utan högaffel i tjugo år så kan jag vänta några år till. Den kanske dyker upp någon gång.

Gubben ser på klockan. Ursäkta mig lite jag ska bara lyssna på sjörapporten den börjar nu.

Gubben slår på radion, lutar sig fram och suger koncentrat på pipan.

Radion: Dow Jones, nordost minus 8-13 m/s, sakta avtagande, Nasdaq, plus 2.0, god utsikt, Frankfurt minus 3, avtagande, i natt fallande, London i eftermiddag växlande senare ikväll plus 1.2, god prognos, Stockholm stängde på minus 3, under dagen fallande, varning för ras under natten...

Mitt under radiosändningen kommer de tre indianerna in i rummet. De har bar överkropp, krigsmålningar och fjädrar på huvudet och dansar en tyst regndans. När sjörapporten är slut stänger Gubben av radion och indianerna försvinner ut från rummet.

Fru Svensson: Vilka var det där?

Gumman: Åh det var bara våra inneboende. Bill, Bull och Bell, tre lärarstudenter från Växjö. Trevliga pojkar. De håller på att träna inför ett studentspex.

Hr Svensson: Men är det inte väldigt långt till närmaste universitet?

Gubben: Jo, men det är så fasligt svårt att få tag i bostad i dessa dagar.

Gumman: Ja, det är lite synd om dem. De måste gå upp klockan fyra för att hinna fram till sin skola, men när det kommer fram så måste de vända på en gång för annars hinner de inte hem innan det blir för sent, och då orkar de inte gå upp så tidigt nästa dag för att hinna fram till skolan i tid.

Fr Svensson: Varför stannar de inte bara hemma?

Gubben: Hur ska de då få någon utbildning?

Fr Svensson: Men om de ändå måste vända när de kommer fram?

Gumman: Det är resan som är mödan värd som de säger.

Gubben: Så sant som det är sagt.

Hr Svensson: Vad ska jag göra med högaffeln då?

Gubben: Du får ta hem den igen och måla den röd, sen kan du komma tillbaka och säga att du har hitta den.

Fr Svensson: Skulle det fungera?

Gumman: Åja, han är så lättlurad så.

Gubben: Ja, och sen kan du komma ihåg att det var ett par andra blå hängselbyxor som du brände upp och ge mig dem du har på dig och säga att det är mina.

Fr Svensson: Skulle de passa då?

Gumman: Om jag lägger ut dem lite så ska de nog gå.

Hr Svensson: Då säger vi så, och tack för kaffet.

Gumman: Vilket kaffe?

Fru Svensson: Ni hade inte behövt göra något kaffe för vår skull.

Gubben: Det gjorde vi inte heller.

Hr Svensson: Vad bra då är alla nöjda. På återseende då.

Gubben: Glöm inte att den ska vara röd.

Gumman: Blå.

Gubben: Röd.

Gumman: Blå.

Gubben: Röd.

Gumman: Blå

Fr Svensson: Vi gör den grön så blir alla nöjda.

Hr och fr Svensson går. De tre indianerna kommer in greppar gubben och gumman i händerna och börjar en ringdans medan de sjunger Räven raskar över isen...Gubben och gumman sätter sig ner igen. Gubben slår på radion och lyssnar på sjörapporten.

Radion: Tyska lukten, illaluktande, sakta avtagande, morgon bitti 5-8 m/s, god skit, Diskbanken hushålllost 5-8 skivor, i natt syrlig präst, mest grodlik, Tag dig i akt först, sedan i eftermiddag växer träden bäst kring 7-11 meter, Katten satt på nordväst 3-7, i koma värst 7-11 god vikt...*Gubben ska just knäppa av då radiorösten säger:*

Radion: Stopp! Vänta! Stäng inte av, för nu kommer språktimmen med Arne Borg.

God morgon på er alla och hjärtligt välkomna till språktimmen.

Gubben: God morgon. Det är ju kväll. Är det en repris eller?

Radion: Idag ska vi prata om låneord. Vi har fått ett brev från fru Ingegerd Karlsson i Värnamo där hon skriver att hennes man lånade ett ord av henne för 37 år sedan och att hon ännu inte fått tillbaka det. Hon undrar hur hon ska göra, om det finns ett ersättningsord hon kan använda eller om hur hon ska kunna få tillbaka sitt ord. Kära Ingegerd för det första är låneord inga ord man lånar ut till sin man, utan ord som är lånade mellan olika stater och språkområden. Hur skulle det se ut om var och en lånade ut ord hitan och ditan, nej, lämna utlånandet av ord åt politiker och språkprofessorer, det kan det här bäst. När det gäller ersättningsord så kan jag rekommendera "Tja" som varken byter ja eller nej, och som användas i många olika sammanhang. Tja, jag tror det får räcka för idag. Nästa program sände vi i förgår, glöm inte att lyssna då.

Gumman: I förgår, då har vi redan missat det, en så otur.

Gubben: Tja, säg inte det.

Gumman: Nej nu är det hög tid att gå och lägga sig.

Gubben: Ja, det gör vi.

Gumman: Nu går vi och lägger oss.

De sitter tysta och stirrar rakt fram.

Gubben: Varför går vi inte och lägger oss?

Gumman: Varför gör vi inte det?

Gubben: För att vi inte vill?

Gumman: För att det inte spelar någon roll?

Gubben: För att det är ganska meningslöst? Vi kommer ju ändå bara att sitta här i morgon också och samma scen kommer att spelas upp igen.

Gumman: Så varför gå och lägga sig, när vi ändå bara kommer tillbaka hit igen?

Gubben: Precis, varför inte bara sitta kvar här i mörkret och låtsas som ingenting.

Gumman: Det blir inte så bekvämt. Vi får nog ont i rumpan.

Gubben: Men det är praktiskt och logiskt. Om man bara går runt i en cirkel varför ska man överhuvudtaget gå?

Gumman: Nej, då är det bättre att sitta stilla och spara på krafterna. Men man kanske möter någon när man traskar runt i cirkeln. Ja, man kanske kolliderar men någon annan, att två cirklar plötsligt skär in i varandra. Det var ju så vi träffades.

Gubben: Så sant så sant, allt kan ju förstås hända. Säker kan man inte vara.

Gumman: Nej, nu går vi och lägger oss.

Gubben: Det gör vi.

Gumman: Vad väntar vi på?

Gubben: Jag är inte trött, jag ska lyssna på sjörapporten först. *Gubben slår på radion.*

Radion: Tyska bukten, nordost 8-13 m/s, sakta avtagande, morgon bitti 5-8, god sikt, Tyska bukten, nordost 8-13 m/s, sakta avtagande, morgon bitti 5-8, Tyska bukten, nordost 8-13 m/s, sakta avtagande, Tyska bukten, nordost 8-13 m/s, Tyska bukten, Tyska, tysk, ty,

sssssssssssssssssssssssssssssssssssssssssssssssssssssssssssssssssssssssssssss ssssssssssssssssssssssssss....

De tre indianerna kommer in och gör en tyst regndans medan radiorösten säger: "sssssssssssssssssssssssssssssss".

Advokaten kliver in på scenen.

Advokaten: sssssssssssssssssssssssssssssss STOP! Det här går inte för sig. Som representant för publikorganisationen STOP (Stop för Teoretiska och Omöjliga Pjäser) kräver vi att denna pjäs omedelbart stoppas. Denna kvasiintellektuella smörja uppfyller inte de tre kraven på en certifierad STOP-pjäs, dvs enkelhet, tydlighet och underhållande. En pjäs ska vara enkel att förstå, den ska vara tydlig med sitt budskap och framför allt underhållande, som en komedi, men ingen sån där fransk eller tysk skräp, utan som en svensk, ja, som en buskis med Åsa-Nisse eller Krister och Stefan. Det är stor underhållning det. Den här pjäsen, "Språktimmen", uppfyller inga av dessa krav. Den är omöjlig att förstå, den är ologisk, och inte det minsta underhållande. Vi kräver därför att pjäsen stoppas och att den först får visas när dessa brister har åtgärdats....

Regissören kliver in på scenen.

Regissören: Stop! Som regissör måsta jag säga att jag är ledsen med det här fungerar bara inte. Jag har försökt göra mitt bästa men det här är ett helt omöjligt manus. Ta bara slutet, det känns väldigt påklistrat och ansträngt. Det hade kanske varit bättre om vi hade slutat innan advokaten från STOP kom in? Men jag tror inte ens det skulle hjälpa, hela pjäsen haltar, det finns liksom ingen kärna eller konsistens i den. Den rinner bara rakt igenom händerna. Om jag hade fått bestämma skulle vi aldrig ha satt upp den, det är ett omöjligt projekt från början till slut...

Författaren kliver in på scenen.

Författaren: Stop! Som författare till den här pjäsen måste jag protestera. Jag håller inte med om att pjäsen inte är underhållande, jag skrattade en hel del när jag skrev den, och för det andra är budskapet väldigt tydligt och enkelt, det handlar kort och gott om sss...

Radion på hög volym:

sssssssssssssssssssssssssssssssssssssssssssssssssssssssssssssssssssss...

Indianerna fortsätter sin regndans som snart övergår i en ringdans med alla medverkande skådespelare. Radiobruset tonas ned. Skådespelarna sjunger julsånger medan snön faller ner över scenen och Betlehemsstjärnan tänds i fjärran. Man kastar ut pepparkakor och julgodis till publiken och önskar alla en riktigt God Jul.

Dödsbudet

Scen: *En lägenhet. Ett brunt kuvert ramlar in genom brevinkastet. Mannen går och hämtar brevet, öppnar det och läser.*

R: Gertrud har du hört! Här står det att jag är död?

G: Vad säger du? Död?

R: Ja skattemyndigheten har skickar mig ett brev där det står att jag har avlidit.

G: Är du död?

R: Det står så.

G: Herregud när hände det!

R: Vad då? Det fattar du väl att jag inte är död. De har gjort fel någonstans. Blandat ihop personnummer eller så.

G: Får jag se? *Läser brevet.* Åh kära hjärtanens då, du är ju död Ragnar! Varför har du inte sagt något tidigare?

R: Jag är inte död. Jag står ju här alldeles levande framför dig. Det ser du väl?

G: Det är inget att skämta om Ragnar. Det här är allvarliga saker. Oj, oj, och jag som har köpt hummer till middag och vin och allt. Vi som skulle ha så mysigt på vår bröllopsdag. Och så går du och dör!

R: Men sluta! Jag är inte död.

G. Du kunde väl ända ha förvarnat mig Ragnar. Efter alla dessa år, så går du och dör mitt framför näsan på mig. Snälla Ragnar, lova mig att du inte visste något om det här innan. Jag kommer aldrig att förlåta dig om du visste om det här. Och hummern! Om du bara visste hur dyr den där hummern var. Jag kommer aldrig att kunna äta upp hela själv.

R: Sluta! Jag är inte död! Det har ju blivit något fel.

G: Oj, oj vilken olycka. Vilken olycka. Jag som har köpt ditt favoritvin och allt bara för att överraska dig, jag tycker inte ens om det där dumma vinet. Om jag bara hade vetat att du skulle dö hade jag ju kunna köpa något annat. Nu måste jag dricka upp hela flaskan själv. Jag får huvudvärk av såna där tunga röda viner. Oj, oj, vilken olycka.

R: Vad tar det åt dig? Flytta på dig nu så jag kan klara upp det här. *Går fram till telefonen och ringer.* Är det skattemyndigheten. Det gäller ett dödsfall. Vems? Mitt eget? Nä, jag skämtar inte, det är väl snarare ni som måste skämta. Vad jag menar? Ni har ju skickat hem papper på att jag har avlidit. Om jag säker på vad då? Såklart jag lever. Är du tokig, varför skulle jag låtsas. Jag kan väl inte rå för att en massa idioter ringer till er och låtsas vara döda. Låt mig prata med någon ansvarig. Ja, jag väntar. Ja, hallå. Det gäller ett dödsfall. Vems då? Mitt såklart! Nej, säger jag, jag är inte död! Ni har gjort något fel. Ni säger att jag är död, men jag lever ju. Ja, det låter lite underligt eller hur? Mitt namn? Ragnar Andersson. Ja, just det. Tegelvägen 23. Stämmer det? Vad då stämmer? Det kan väl inte stämma när jag står här alldeles levande. Jag bryr mig inte om vad det står i er dator jag står ju här säger jag ju. Begriper ni inte människa. Vad du ska göra åt det? Du får väl kontrollera igen. Det måste ju ha blivit fel någonstans. Ja, jag väntar.

G: Vad säger dem Ragnar? Är du fortfarande död?

R: Ja, lilla älskling. Men snart är jag återuppstånden förstår du, så börja du med maten istället för att stå här och böla. Ja, jag är kvar. Ett misstag? Det förstod jag väl. Jag förstår. Den mänskliga faktorn. Vem skulle det ha varit säger ni? Min fru? Ja, hon bor också på Tegelvägen 23. Är det hon som är död? Ska jag meddela henne det? Ja, det kan jag göra. Tack då. Hej då. Gertrud! Gertrud kan du komma hit. *Gertrud kommer ut i hallen med förklädet runt midjan.*

Lilla Gertrud, det var inte jag som var död.

G: Nähä, vem var det då?

R: Det var du älskling som hade kollat vippen, så det ser ut som om det bara

blir jag till middag och att jag får hela hummern och vinet för mig själv.

G: Men, men...

R: Ja, visst är det tråkigt lilla vän, men vad ska man göra, är man död så är

man död...*Ragnar går ut i köket. Gertrud sjunker ihop på hallgolvet. Mörkret*

sänker sig.

En bortslösad timme

Scen: En tom teaterscen. En vaktmästare kommer in på scenen bärande på en enkel pall och en äggklocka. Han sätter pallen mitt på scenen och vrider upp äggklockan till max. Går sedan av scenen.

Äggklockan: Tick-Tick-Tick-Tick-Tick-Tick- Tick-Tick-Tick-Tick-Tick-Tick- Tick-Tick-Tick-Tick-Tick-Tick- Tick-Tick-Tick-Tick-Tick-Tick- Tick-Tick-Tick-Tick-Tick-Tick- Tick- Tick-Tick-Tick-Tick-Tick-Tick- Tick-Tick-Tick-Tick-Tick-Tick- Tick-Tick-Tick-Tick- Tick-Tick-Tick-Tick-Tick-Tick- Tick-Tick-Tick-Tick-Tick-Tick- Tick-Tick-Tick-Tick-Tick-Tick- Tick-Tick-Tick-Tick-Tick-Tick- Tick-Tick-Tick-Tick- Tick-Tick- Tick-Tick-Tick-Tick-Tick-Tick- Tick-Tick-Tick-Tick-Tick-Tick- Tick- Tick-Tick-Tick-Tick-Tick- Tick-Tick-Tick-Tick-Tick-Tick- Tick-Tick-Tick-Tick-Tick- Tick- Tick-Tick-Tick-Tick-Tick-Tick- Tick-Tick-Tick-Tick-Tick-Tick- Tick-Tick- Tick-Tick-Tick-Tick- Tick-Tick-Tick-Tick-Tick-Tick- Tick-Tick-Tick-Tick-Tick-Tick- Tick-Tick-Tick-Tick-Tick-Tick- Tick-Tick-Tick-Tick-Tick-Tick- Tick-Tick-Tick-Tick- Tick-Tick-Tick-Tick-Tick-Tick- Tick-Tick-Tick-Tick-Tick-Tick- Tick- Tick-Tick-Tick-Tick-Tick- Tick-Tick-Tick-Tick-Tick-Tick- Tick-Tick-Tick-Tick-Tick-Tick- Tick- Tick-Tick-Tick-Tick-Tick-Tick- Tick-Tick-Tick-Tick-Tick-Tick- Tick-Tick- Tick-Tick-Tick-Tick-Tick-Tick- Tick-Tick-Tick-Tick-Tick-Tick- Tick-Tick-Tick-Tick-Tick-Tick- Tick-Tick-Tick-Tick-Tick-Tick- Tick-Tick- Tick-Tick-Tick-Tick-Tick-Tick- Tick-Tick-Tick-Tick-Tick-Tick- Tick- Tick-Tick-Tick-Tick-Tick- Tick-Tick-Tick-Tick-Tick-Tick- Tick-Tick-Tick-Tick-Tick-Tick- Tick-Tick-Tick-Tick-Tick-Tick- Tick-Tick-Tick-Tick-Tick-Tick- Tick-Tick- Tick-Tick-Tick-Tick-Tick-Tick- Tick-Tick-Tick-Tick-Tick-Tick- Tick- Tick-Tick-Tick-Tick-Tick- Tick-Tick-Tick-Tick-Tick-Tick- Tick-Tick-Tick-Tick-Tick-Tick-

Tick- Tick-Tick-Tick-Tick-Tick-Tick- Tick-Tick-Tick-Tick-Tick-Tick- Tick-Tick-
Tick-Tick-Tick-Tick- Tick-Tick-Tick-Tick-Tick-Tick- Tick-Tick-Tick-Tick-Tick-Tick-
Tick-Tick-Tick-Tick-Tick-Tick- Tick-Tick-Tick-Tick-Tick-Tick- Tick-Tick-Tick-Tick-
Tick-Tick- Tick-Tick-Tick-Tick-Tick-Tick- Tick-Tick-Tick-Tick-Tick-Tick- Tick-
Tick-Tick-Tick-Tick-Tick- Tick-Tick-Tick-Tick-Tick-Tick- Tick-Tick-Tick-Tick-Tick-
Tick- Tick-Tick-Tick-Tick-Tick-Tick- Tick-Tick-Tick-Tick-Tick-Tick- Tick-Tick-
Tick-Tick-Tick-Tick- Tick-Tick-Tick-Tick-Tick-Tick- Tick-Tick-Tick-Tick-Tick-Tick-
Tick-Tick-Tick-Tick-Tick-Tick- Tick-Tick-Tick-Tick-Tick-Tick- Tick-Tick-Tick-Tick-
Tick-Tick- Tick-Tick-Tick-Tick-Tick-Tick- Tick-Tick-Tick-Tick-Tick-Tick- Tick-
Tick-Tick-Tick-Tick-Tick- Tick-Tick-Tick-Tick-Tick-Tick- Tick-Tick-Tick-Tick-Tick-
Tick- Tick-Tick-Tick-Tick-Tick-Tick- Tick-Tick-Tick-Tick-Tick-Tick- Tick-Tick-
Tick-Tick-Tick-Tick- Tick-Tick-Tick-Tick-Tick-Tick- Tick-Tick-Tick-Tick-Tick-Tick-
Tick-Tick-Tick-Tick-Tick-Tick- Tick-Tick-Tick-Tick-Tick-Tick- Tick-Tick-Tick-Tick-
Tick-Tick- Tick-Tick-Tick-Tick-Tick-Tick- Tick-Tick-Tick-Tick-Tick-Tick- Tick-
Tick-Tick-Tick-Tick-Tick- Tick-Tick-Tick-Tick-Tick-Tick- Tick-Tick-Tick-Tick-Tick-
Tick- Tick-Tick-Tick-Tick-Tick-Tick- Tick-Tick-Tick-Tick-Tick-Tick- Tick-Tick-
Tick-Tick-Tick-Tick- Tick-Tick-Tick-Tick-Tick-Tick- Tick-Tick-Tick-Tick-Tick-Tick-
Tick-Tick-Tick-Tick-Tick-Tick- Tick-Tick-Tick-Tick-Tick-Tick- Tick-Tick-Tick-Tick-
Tick-Tick- Tick-Tick-Tick-Tick-Tick-Tick- Tick-Tick-Tick-Tick-Tick-Tick- Tick-
Tick-Tick-Tick-Tick-Tick- Tick-Tick-Tick-Tick-Tick-Tick- Tick-Tick-Tick-Tick-Tick-
Tick- Tick-Tick-Tick-Tick-Tick-Tick- Tick-Tick-Tick-Tick-Tick-Tick- Tick-Tick-
Tick-Tick-Tick-Tick- Tick-Tick-Tick-Tick-Tick-Tick- Tick-Tick-Tick-Tick-Tick-Tick-

Tick-Tick-Tick-Tick-Tick-Tick- Tick-Tick-Tick-Tick-Tick-Tick- Tick-Tick-Tick-Tick-
Tick-Tick- Tick-Tick-Tick-Tick-Tick-Tick- Tick-Tick-Tick-Tick-Tick-Tick- Tick-
Tick-Tick-Tick-Tick-Tick- Tick-Tick-Tick-Tick-Tick-Tick- Tick-Tick-Tick-Tick-Tick-
Tick- Tick-Tick-Tick-Tick-Tick-Tick- Tick-Tick-Tick-Tick-Tick-Tick- Tick-Tick-
Tick-Tick-Tick-Tick- Tick-Tick-Tick-Tick-Tick-Tick- Tick-Tick-Tick-Tick-Tick-Tick-
Tick-Tick-Tick-Tick-Tick-Tick- Tick-Tick-Tick-Tick-Tick-Tick- Tick-Tick-Tick-Tick-
Tick-Tick- Tick-Tick-Tick-Tick-Tick-Tick- Tick-Tick-Tick-Tick-Tick-Tick- Tick-
Tick-Tick-Tick-Tick-Tick- Tick-Tick-Tick-Tick-Tick-Tick- Tick-Tick-Tick-Tick-Tick-
Tick- Tick-Tick-Tick-Tick-Tick-Tick- Tick-Tick-Tick-Tick-Tick-Tick- Tick-Tick-
Tick-Tick-Tick-Tick- Tick-Tick-Tick-Tick-Tick-Tick- Tick-Tick-Tick-Tick-Tick-Tick-
Tick-Tick-Tick-Tick-Tick-Tick- Tick-Tick-Tick-Tick-Tick-Tick- Tick-Tick-Tick-Tick-
Tick-Tick- Tick-Tick-Tick-Tick-Tick-Tick- Tick-Tick-Tick-Tick-Tick-Tick- Tick-
Tick-Tick-Tick-Tick-Tick- Tick-Tick-Tick-Tick-Tick-Tick- Tick-Tick-Tick-Tick-Tick-
Tick- Tick-Tick-Tick-Tick-Tick-Tick- Tick-Tick-Tick-Tick-Tick-Tick- Tick-Tick-
Tick-Tick-Tick-Tick- Tick-Tick-Tick-Tick-Tick-Tick- Tick-Tick-Tick-Tick-Tick-Tick-
Tick-Tick-Tick-Tick-Tick-Tick- Tick-Tick-Tick-Tick-Tick-Tick- Tick-Tick-Tick-Tick-
Tick-Tick- Tick-Tick-Tick-Tick-Tick-Tick- Tick-Tick-Tick-Tick-Tick-Tick- Tick-
Tick-Tick-Tick-Tick-Tick- Tick-Tick-Tick-Tick-Tick-Tick- Tick-Tick-Tick-Tick-Tick-
Tick- Tick-Tick-Tick-Tick-Tick-Tick- Tick-Tick-Tick-Tick-Tick-Tick- Tick-Tick-
Tick-Tick-Tick-Tick- Tick-Tick-Tick-Tick-Tick-Tick- Tick-Tick-Tick-Tick-Tick-Tick-
Tick-Tick-Tick-Tick-Tick-Tick- Tick-Tick-Tick-Tick-Tick-Tick- Tick-Tick-Tick-Tick-
Tick-Tick- Tick-Tick-Tick-Tick-Tick-Tick- Tick-Tick-Tick-Tick-Tick-Tick- Tick-
Tick-Tick-Tick-Tick-Tick- Tick-Tick-Tick-Tick-Tick-Tick- Tick-Tick-Tick-Tick-Tick-
Tick- Tick-Tick-Tick-Tick-Tick-Tick- Tick-Tick-Tick-Tick-Tick-Tick- Tick-

Tick-Tick-Tick-Tick-Tick- Tick-Tick-Tick-Tick-Tick-Tick- Tick-Tick-Tick-Tick-Tick- Tick- Tick-Tick-Tick-Tick-Tick-Tick- Tick-Tick-Tick-Tick-Tick-Tick- Tick-Tick- Tick-Tick-Tick-Tick- Tick-Tick-Tick-Tick-Tick-Tick- Tick-Tick-Tick-Tick-Tick-Tick- Tick-Tick-Tick-Tick-Tick-Tick- Tick-Tick-Tick-Tick-Tick-Tick- Tick-Tick-Tick-Tick- Tick-Tick- Tick-Tick-Tick-Tick-Tick-Tick- Tick-Tick-Tick-Tick-Tick-Tick- Tick- Tick-Tick-Tick-Tick-Tick- Tick-Tick-Tick-Tick-Tick-Tick- Tick-Tick-Tick-Tick-Tick-Tick- Tick-Tick-Tick-Tick-Tick-Tick- Tick- Tick-Tick-Tick-Tick-Tick-Tick- Tick-Tick-Tick-Tick-Tick-Tick- Tick-Tick- Tick-Tick-Tick-Tick- Tick-Tick-Tick-Tick-Tick-Tick- Tick-Tick-Tick-Tick-Tick-Tick- Tick-Tick-Tick-Tick-Tick-Tick- Tick-Tick-Tick-Tick-Tick-Tick- Tick-Tick-Tick-Tick- Tick-Tick- Tick-Tick-Tick-Tick-Tick-Tick- Tick-Tick-Tick-Tick-Tick-Tick- Tick- Tick-Tick-Tick-Tick-Tick-Tick- Tick-Tick-Tick-Tick-Tick-Tick- Tick-Tick-Tick-Tick-Tick-Tick- Tick-Tick-Tick-Tick-Tick-Tick- Tick- Tick-Tick-Tick-Tick-Tick-Tick- Tick-Tick-Tick-Tick-Tick-Tick- Tick-Tick- Tick-Tick-Tick-Tick- Tick-Tick-Tick-Tick-Tick-Tick- Tick-Tick-Tick-Tick-Tick-Tick- Tick-Tick-Tick-Tick-Tick-Tick- Tick-Tick-Tick-Tick-Tick-Tick- Tick-Tick-Tick-Tick- Tick-Tick- Tick-Tick-Tick-Tick-Tick-Tick- Tick-Tick-Tick-Tick-Tick-Tick- Tick- Tick-Tick-Tick-Tick-Tick-Tick- Tick-Tick-Tick-Tick-Tick-Tick- Tick-Tick-Tick-Tick-Tick-Tick- Tick-Tick-Tick-Tick-Tick-Tick- Tick- Tick-Tick-Tick-Tick-Tick-Tick- Tick-Tick-Tick-Tick-Tick-Tick- Tick-Tick- Tick-Tick-Tick-Tick- Tick-Tick-Tick-Tick-Tick-Tick- Tick-Tick-Tick-Tick-Tick-Tick- Tick-Tick-Tick-Tick-Tick-Tick- Tick-Tick-Tick-Tick-Tick-Tick- Tick-Tick-Tick-Tick- Tick-Tick- Tick-Tick-Tick-Tick-Tick-Tick- Tick-Tick-Tick-Tick-Tick-Tick- Tick- Tick-Tick-Tick-Tick-Tick-Tick- Tick-Tick-Tick-Tick-Tick-Tick- Tick-Tick-Tick-Tick-Tick-Tick- Tick-Tick- Tick-Tick-Tick-Tick-Tick-Tick- Tick-Tick-Tick-Tick-Tick-Tick- Tick-

Tick-Tick-Tick-Tick- Tick-Tick-Tick-Tick-Tick-Tick- Tick-Tick-Tick-Tick-Tick-Tick- Tick-Tick-Tick-Tick-Tick-Tick- Tick-Tick-Tick-Tick-Tick-Tick- Tick-Tick-Tick-Tick- Tick-Tick-Tick-Tick-Tick-Tick- Tick-Tick-Tick-Tick-Tick-Tick- Tick- Tick-Tick-Tick-Tick-Tick- Tick-Tick-Tick-Tick-Tick-Tick- Tick-Tick-Tick-Tick-Tick-Tick- Tick- Tick-Tick-Tick-Tick-Tick-Tick- Tick-Tick-Tick-Tick-Tick-Tick- Tick-Tick- Tick-Tick-Tick-Tick- Tick-Tick-Tick-Tick-Tick-Tick- Tick-Tick-Tick-Tick-Tick-Tick- Tick-Tick-Tick-Tick-Tick-Tick- Tick-Tick-Tick-Tick-Tick-Tick- Tick-Tick-Tick-Tick-Tick-Tick- Tick-Tick- Tick-Tick-Tick-Tick-Tick-Tick- Tick-Tick-Tick-Tick-Tick-Tick- Tick- Tick-Tick-Tick-Tick-Tick- Tick-Tick-Tick-Tick-Tick-Tick- Tick-Tick-Tick-Tick-Tick-Tick- Tick- Tick-Tick-Tick-Tick-Tick-Tick- Tick-Tick-Tick-Tick-Tick-Tick- Tick-Tick- Tick-Tick-Tick-Tick- Tick-Tick-Tick-Tick-Tick-Tick- Tick-Tick-Tick-Tick-Tick-Tick- Tick-Tick-Tick-Tick-Tick-Tick- Tick-Tick-Tick-Tick-Tick-Tick- Tick-Tick-Tick-Tick-Tick-Tick- Tick-Tick- Tick-Tick-Tick-Tick-Tick-Tick- Tick-Tick-Tick-Tick-Tick-Tick- Tick- Tick-Tick-Tick-Tick-Tick-Tick- Tick-Tick-Tick-Tick-Tick-Tick- Tick-Tick-Tick-Tick-Tick-Tick- Tick- Tick-Tick-Tick-Tick-Tick-Tick- Tick-Tick-Tick-Tick-Tick-Tick- Tick-Tick- Tick-Tick-Tick-Tick- Tick-Tick-Tick-Tick-Tick-Tick- Tick-Tick-Tick-Tick-Tick-Tick- Tick-Tick-Tick-Tick-Tick-Tick- Tick-Tick- Tick-Tick-Tick-Tick-Tick-Tick- Tick-Tick-Tick-Tick-Tick-Tick- Tick- Tick-Tick-Tick-Tick-Tick-Tick- Tick-Tick-Tick-Tick-Tick-Tick- Tick-Tick- Tick-Tick-Tick-Tick-Tick-Tick- Tick-Tick-Tick-Tick-Tick-Tick- Tick-Tick-Tick-Tick-Tick-Tick- Tick-Tick- Tick-Tick-Tick-Tick-Tick-Tick- Tick-Tick-Tick-Tick-Tick-Tick- Tick- Tick-Tick-Tick-Tick-Tick-Tick- Tick-Tick-Tick-Tick-Tick-Tick- Tick-Tick- Tick-Tick-Tick-Tick- Tick-Tick-Tick-Tick-Tick-Tick- Tick-Tick-Tick-Tick-Tick-Tick- Tick-Tick-Tick-Tick-Tick-Tick-

Tick-Tick- Tick-Tick-Tick-Tick-Tick-Tick- Tick-Tick-Tick-Tick-Tick-Tick- Tick-
Tick-Tick-Tick-Tick-Tick- Tick-Tick-Tick-Tick-Tick-Tick- Tick-Tick-Tick-Tick-Tick-
Tick- Tick-Tick-Tick-Tick-Tick-Tick- Tick-Tick-Tick-Tick-Tick-Tick- Tick-Tick-
Tick-Tick-Tick-Tick- Tick-Tick-Tick-Tick-Tick-Tick- Tick-Tick-Tick-Tick-Tick-Tick-
Tick-Tick-Tick-Tick-Tick-Tick- Tick-Tick-Tick-Tick-Tick-Tick- Tick-Tick-Tick-Tick-
Tick-Tick- Tick-Tick-Tick-Tick-Tick-Tick- Tick-Tick-Tick-Tick-Tick-Tick- Tick-
Tick-Tick-Tick-Tick-Tick- Tick-Tick-Tick-Tick-Tick-Tick- Tick-Tick-Tick-Tick-Tick-
Tick- Tick-Tick-Tick-Tick-Tick-Tick- Tick-Tick-Tick-Tick-Tick-Tick- Tick-Tick-
Tick-Tick-Tick-Tick- Tick-Tick-Tick-Tick-Tick-Tick- Tick-Tick-Tick-Tick-Tick-Tick-
Tick-Tick-Tick-Tick-Tick-Tick- Tick-Tick-Tick-Tick-Tick-Tick- Tick-Tick-Tick-Tick-
Tick-Tick- Tick-Tick-Tick-Tick-Tick-Tick- Tick-Tick-Tick-Tick-Tick-Tick- Tick-
Tick-Tick-Tick-Tick-Tick- Tick-Tick-Tick-Tick-Tick-Tick- Tick-Tick-Tick-Tick-Tick-
Tick- Tick-Tick-Tick-Tick-Tick-Tick- Tick-Tick-Tick-Tick-Tick-Tick- Tick-Tick-
Tick-Tick- Tick-Tick-Tick-Tick-Tick-Tick- Tick-Tick-Tick-Tick-Tick-Tick-
Tick-Tick-Tick-Tick-Tick-Tick- Tick-Tick-Tick-Tick-Tick-Tick- Tick-Tick-Tick-Tick-
Tick-Tick- Tick-Tick-Tick-Tick-Tick-Tick- Tick-Tick-Tick-Tick-Tick-Tick- Tick-
Tick-Tick-Tick-Tick-Tick- Tick-Tick-Tick-Tick-Tick-Tick- Tick-Tick-Tick-Tick-Tick-
Tick- Tick-Tick-Tick-Tick-Tick-Tick- Tick-Tick-Tick-Tick-Tick-Tick- Tick-Tick-
Tick-Tick- Tick-Tick-Tick-Tick-Tick-Tick- Tick-Tick-Tick-Tick-Tick-Tick- Tick-
Tick-Tick-Tick-Tick-Tick- Tick-Tick-Tick-Tick-Tick-Tick- Tick-Tick-Tick-Tick-Tick-
Tick-Tick-Tick-Tick-Tick-Tick- Tick-Tick-Tick-Tick-Tick-Tick- Tick-Tick-Tick-Tick-
Tick-Tick- Tick-Tick-Tick-Tick-Tick-Tick- Tick-Tick-Tick-Tick-Tick-Tick- Tick-
Tick-Tick-Tick-Tick-Tick- Tick-Tick-Tick-Tick-Tick-Tick- Tick-Tick-Tick-Tick-Tick-

Tick- Tick-Tick-Tick-Tick-Tick-Tick- Tick-Tick-Tick-Tick-Tick-Tick- Tick-Tick-
Tick-Tick-Tick-Tick- Tick-Tick-Tick-Tick-Tick-Tick- Tick-Tick-Tick-Tick-Tick-Tick-
Tick-Tick-Tick-Tick-Tick-Tick- Tick-Tick-Tick-Tick-Tick-Tick- Tick-Tick-Tick-Tick-
Tick-Tick- Tick-Tick-Tick-Tick-Tick-Tick- Tick-Tick-Tick-Tick-Tick-Tick- Tick-
Tick-Tick-Tick-Tick-Tick- Tick-Tick-Tick-Tick-Tick-Tick- Tick-Tick-Tick-Tick-Tick-
Tick- Tick-Tick-Tick-Tick-Tick-Tick- Tick-Tick-Tick-Tick-Tick-Tick- Tick-Tick-
Tick-Tick-Tick-Tick- Tick-Tick-Tick-Tick-Tick-Tick- Tick-Tick-Tick-Tick-Tick-Tick-
Tick-Tick-Tick-Tick-Tick-Tick- Tick-Tick-Tick-Tick-Tick-Tick- Tick-Tick-Tick-Tick-
Tick-Tick- Tick-Tick-Tick-Tick-Tick-Tick- Tick-Tick-Tick-Tick-Tick-Tick- Tick-
Tick-Tick-Tick-Tick-Tick- Tick-Tick-Tick-Tick-Tick-Tick- Tick-Tick-Tick-Tick-Tick-
Tick- Tick-Tick-Tick-Tick-Tick-Tick- Tick-Tick-Tick-Tick-Tick-Tick- Tick-Tick-
Tick-Tick-Tick-Tick- Tick-Tick-Tick-Tick-Tick-Tick- Tick-Tick-Tick-Tick-Tick-Tick-
Tick-Tick-Tick-Tick-Tick-Tick- Tick-Tick-Tick-Tick-Tick-Tick- Tick-Tick-Tick-Tick-
Tick-Tick- Tick-Tick-Tick-Tick-Tick-Tick- Tick-Tick-Tick-Tick-Tick-Tick- Tick-
Tick-Tick-Tick-Tick-Tick- Tick-Tick-Tick-Tick-Tick-Tick- Tick-Tick-Tick-Tick-Tick-
Tick- Tick-Tick-Tick-Tick-Tick-Tick- Tick-Tick-Tick-Tick-Tick-Tick- Tick-Tick-
Tick-Tick-Tick-Tick- Tick-Tick-Tick-Tick-Tick-Tick- Tick-Tick-Tick-Tick-Tick-Tick-
Tick-Tick-Tick-Tick-Tick-Tick- Tick-Tick-Tick-Tick-Tick-Tick- Tick-Tick-Tick-Tick-
Tick-Tick- Tick-Tick-Tick-Tick-Tick-Tick- Tick-Tick-Tick-Tick-Tick-Tick- Tick-
Tick-Tick-Tick-Tick-Tick- Tick-Tick-Tick-Tick-Tick-Tick- Tick-Tick-Tick-Tick-Tick-
Tick- Tick-Tick-Tick-Tick-Tick-Tick- Tick-Tick-Tick-Tick-Tick-Tick- Tick-Tick-
Tick-Tick-Tick-Tick- Tick-Tick-Tick-Tick-Tick-Tick- Tick-Tick-Tick-Tick-Tick-Tick-
Tick-Tick-Tick-Tick-Tick-Tick- Tick-Tick-Tick-Tick-Tick-Tick- Tick-Tick-Tick-Tick-
Tick-Tick- Tick-Tick-Tick-Tick-Tick-Tick- Tick-Tick-Tick-Tick-Tick-Tick- Tick-
Tick-Tick-Tick-Tick-Tick- Tick-Tick-Tick-Tick-Tick-Tick- Tick-Tick-Tick-Tick-Tick-
Tick- Tick-Tick-Tick-Tick-Tick-Tick- Tick-Tick-Tick-Tick-Tick-Tick- Tick-Tick-
Tick-Tick-Tick-Tick- Tick-Tick-Tick-Tick-Tick-Tick- Tick-Tick-Tick-Tick-Tick-Tick-

Tick-Tick-Tick-Tick-Tick-Tick- Tick-Tick-Tick-Tick-Tick-Tick- Tick-Tick-Tick-Tick-Tick-Tick- Tick-Tick-Tick-Tick-Tick-Tick- Tick-Tick-Tick-Tick-Tick-Tick- Tick-Tick-Tick-Tick-Tick- Tick-Tick-Tick-Tick-Tick-Tick- Tick-Tick-Tick-Tick-Tick-Tick- Tick-Tick-Tick-Tick-Tick-Tick- Tick-Tick-Tick-Tick-Tick-Tick- Tick-Tick-Tick-Tick-Tick-Tick- Tick-Tick-Tick-Tick-Tick-Tick- Tick-Tick-Tick-Tick-Tick-Tick- Tick-Tick-Tick-Tick-Tick-Tick- Tick-Tick-Tick-Tick-Tick-Tick- Tick-Tick-Tick-Tick-Tick-Tick- Tick-Tick-Tick-Tick-Tick-Tick- Tick-Tick- Tick-Tick-Tick-Tick-Tick-Tick- Tick-Tick-Tick-Tick-Tick-Tick- Tick-Tick-Tick-Tick-Tick-Tick- Tick-Tick-Tick-Tick-Tick-Tick- Tick-Tick-Tick-Tick-Tick-Tick- Tick- Tick-Tick-Tick-Tick-Tick-Tick- Tick-Tick-Tick-Tick-Tick-Tick- Tick-Tick-Tick-Tick-Tick-Tick- Tick-Tick-Tick-Tick-Tick-Tick- Tick-Tick-Tick-Tick-Tick-Tick- Tick-Tick-Tick-Tick- Tick-Tick-Tick-Tick-Tick-Tick- Tick-Tick-Tick-Tick-Tick-Tick- Tick-Tick-Tick- Tick-Tick-Tick-Tick-Tick-Tick- Tick-Tick-Tick-Tick-Tick-Tick- Tick-Tick-Tick-Tick-Tick-Tick- Tick-Tick- Tick-Tick-Tick-Tick-Tick-Tick- Tick-Tick-Tick-Tick-Tick-Tick- Tick- Tick-Tick-Tick-Tick-Tick- Tick-Tick-Tick-Tick-Tick-Tick- Tick-Tick-Tick-Tick-Tick- Tick- Tick-Tick-Tick-Tick-Tick-Tick- Tick-Tick-Tick-Tick-Tick-Tick- Tick-Tick- Tick-Tick-Tick-Tick- Tick-Tick-Tick-Tick-Tick-Tick- Tick-Tick-Tick-Tick-Tick-Tick- Tick-Tick-Tick-Tick-Tick-Tick- Tick-Tick-Tick-Tick-Tick-Tick- Tick-Tick-Tick-Tick-Tick-Tick- Tick-Tick- Tick-Tick-Tick-Tick-Tick-Tick- Tick-Tick-Tick-Tick-Tick-Tick- Tick- Tick-Tick-Tick-Tick-Tick- Tick-Tick-Tick-Tick-Tick-Tick- Tick-Tick-Tick-Tick-Tick- Tick- Tick-Tick-Tick-Tick-Tick-Tick- Tick-Tick-Tick-Tick-Tick-Tick- Tick-Tick-Tick-Tick-Tick-Tick- Tick-Tick-Tick-Tick-Tick- Tick-Tick-Tick-Tick-Tick-Tick- Tick-Tick-Tick-Tick-Tick-Tick- Tick-Tick- Tick-Tick-Tick-Tick-Tick-Tick- Tick-Tick-Tick-Tick-Tick-Tick- Tick- Tick-Tick-Tick-Tick-Tick- Tick-Tick-Tick-Tick-Tick-Tick- Tick-Tick-Tick-Tick-Tick- Tick- Tick-Tick-Tick-Tick-Tick-Tick- Tick-Tick-Tick-Tick-Tick-Tick- Tick-Tick-Tick-Tick-Tick-Tick- Tick-Tick-Tick-Tick-Tick

Efter en timme ringer äggklockan.

Äggklockan: Riiiing!

Vaktmästaren kommer in på scenen tar med sig äggklockan och pallen och går av scenen.

Ny text av Mathias Jansson (bidrag till Riksteaterns manustävling Ny Text 2011)

Scen fyra skådespelare sitter runt ett enkelt bord på scenen. Regissören kommer in på scenen.

Regissören: Ursäkta att jag är lite sen. Jag hade problem med skrivaren. *Går runt och hälsar på skådespelarna.* Hej, Ragnar.

Anna: Anna

Bo: Bo

Hans: Hans

Lisa: Lisa

Regissören. Bra, ska vi börja då? Jag tänkte att vi skulle börja den här läsningen med en ny text av Mathias Jansson, som heter, ja, helt enkelt Ny text. Det är en pjäs för fyra skådespelare. Jag tänkte att du Anna skulle spela Lisa och du Bo är Hans och Hans är Bo och Lisa är Anna. *Delar ut manus till skådespelarna.*

Lisa: Heter karaktärerna samma som oss?

Hans: Är det inte bättre att jag spelar Hans eftersom jag heter Hans och Bo Bo och så vidare?

Regissören: Varför det?

Hans: Det blir kanske inte så förvirrat med namnen?

Regissören: Det spelar väl ingen roll vad karaktärerna heter utan det är egenskaperna som är viktiga. Jag förställde mig till exempel Hans som liten, tunn och ljusårig när jag läste dramat precis som Bo.

Anna: Var står det i dramat hur karaktärerna ser ut. Jag kan inte hitta det här.

Regissören: Det står inte uttryckligen i texten, utan är bilder jag har fått när jag har läst texten. Men vi ska kanske inte uppehålla oss vid det utan fortsätta? Det är ju några texter vi ska hinna med idag. Anna kan du börja.

Anna: Jag?

Regisören: Nej, Lisa.

Lisa: Jag?

Regissören: Ja, du spelar Anna, eller hur?

Hans. Jag sa ju att det skulle bli förvirrat.

Regissören: Lisa?

Lisa: Anna.

Anna: Va, är det min tur?

Regissören: Nej, efter Anna är det Bos tur.

Bo: Du menar Hans?

Regissören: Förlåt, jag menar dig Bo. Efter Annas replik är det Hans tur.

Hans: Jag sa ju att det skulle bli förvirrat.

Regissören: Ja, men nu var det Bo som skulle läsa Hans replik. Vi tar det från början. Lisa börjar.

Lisa: Anna

Bo: Jag sa ju att det skulle bli förvirrat.

Hans: Bo

Anna: Lisa

Regissören: Vänta, det kan inte stämma. Bo du ska ju säga Hans.

Bo: Hans replik?

Regissören: Nej bara Hans. Ni håller ju på att presentera er för varandra.

Bo: Men det står inte så i mina papper. Men det står en tvåa längst upp här. Det kanske saknas en sida eller?

Regissören: Får jag se? Ja, det stämmer, jag måste ha missat en sida. Du kan få låna mitt manus så länge. Ska vi försöka igen. Anna?

Lisa: Anna

Bo: Hans

Hans: Bo

Anna: Lisa

Bo: Är det inte bättre att jag spelar Hans eftersom jag heter Hans och Bo Bo och så vidare?

Regissören: Men Hans vi har ju redan gått igenom det där! Jag trodde det var utrett för länge sedan?

Lisa: Vad står den repliken?

Regissören: Vilken då?

Lisa: Den du sa alldeles nyss.

Regissören: Det var ingen replik.

Lisa: Nähä?

Regissören: Vad är det nu då? Har jag inte redan sagt att ni inte kan vara samma karaktärer som ni heter?

Hans: Ursäkta, men menar du i pjäsen eller i verkligheten?

Bo: Jag tror vad Hans försöker säga är att det som jag sa i rollen som Hans var en del av pjäsen, men det som du sedan sa inte verkar höra dit.

Hans. Ja, just så.

Regissören: Jaha, nu förstår jag! Ja det är ju klart det står ju här i manuset. Förlåt mig det är jag som blandar ihop saker och ting. Nu skärper vi oss och tar det en gång till med lite tempo.

Lisa: Anna

Bo: Hans

Hans: Bo

Anna: Lisa

Bo: Är det inte bättre att jag spelar Hans eftersom jag heter Hans och Bo Bo och så vidare?

Regissören: Varför det?

Bo: Vadå?

Lisa: Det är en replik.

Bo: Är det? Vart står det?

Lisa: Längst ner på sidan. Fast det är ganska otydligt på min kopia.

Bo: Nä, det står inget här.

Regissören: Jävla skrivare! Förlåt mig, men jag blir så jävla less när tekniken inte fungerar. *Paus alla väntar på nästa replik.* Bo?

Hans: Ja?

Regissören: Jag menar den riktiga Bo.

Bo: Mig?

Regissören: Ja, varför säger du inte din replik vi väntar på dig?

Bo: Jag? Men det är väl Hans tur först?

Regissören: Nej, det är du. Det är bara att läsa innantill.

Bo: Vad ska jag säga då?

Lisa: Det är bara att titta längst ner på sidan. Fast det är ganska otydligt på min kopia.

Bo: Nä, det står inget här.

Regissören: Jävla skrivare! Förlåt mig, men jag blir så jävla less när tekniken inte fungerar. Du kan få låna mitt manus så länge. Vi tar om från Lisa, jag menar Annas replik:

Lisa: Längst ner på sidan. Fast det är ganska otydligt på min kopia.

Bo: Nä, det står inget här.

Regissören: Jävla skrivare! Förlåt mig, men jag blir så jävla less när tekniken inte fungerar.

Bo: Är i ra såpela t ama?

Regissören: Vad mumlar du om? Är vi bara skådespelare i ett drama! Hur svårt kan det vara att säga högt och tydligt?

Bo: Förlåt, men jag tror skrivaren fick slut på toner eller något. Det fattas en del bokstäver här.

Regissören: Vad gör jag för fel? Hur svårt kan det vara att läsa en text rakt upp och ner. Det är ju inte precis Shakespeare det är frågan om.

Anna: Varför har jag så få repliker?

Regissören: Ursäkta?

Anna: Ja, det känns som om Lisa har minst repliker i den här pjäsen?

Regissören: Och? Vad ska jag göra åt det? Skriva nya åt dig?

Anna: Jag menar bara att i dem andra pjäserna vi har läst har du också bara gett mig roller med få repliker, för att inte tala om den där byrån som jag fick spela i går. Hur kul var det att bara stå på alla fyra i en 20 minuter och bara vara en byrå?

Regissören: Nu tar vi det lite lugnt. Okej, nu gör vi så här. Det är mot alla mina principer, men låt gå för den här gången. Vi byter roller. Förstår alla. Från och med nu så spelar alla den karaktär som man heter. Hans är Hans, Bo är Bo, Lisa är Lisa och Anna är Anna. Är vi nöjda då.

Anna: Ja!

Hans: Visst, det var ju det jag sa från början.

Regissören: Då gör vi så här. Jag går ut och kommer in igen så börjar vi från början. Uppfattat?

Lisa: Visst.

Bo: Ok.

Regissören går av scenen och kommer tillbaka.

Regissören: Ursäkta att jag är lite sen. Jag hade problem med skrivaren. *Går runt och hälsar på skådespelarna.* Hej, Ragnar.

Anna: Anna

Bo: Bo

Hans: Hans

Lisa: Lisa

Regissören. Bra, ska vi börja då? Jag tänkte att vi skulle börja den här läsningen med en ny text av Mathias Jansson, som heter, ja, helt enkelt Ny text. Det är en pjäs för fyra skådespelare. Jag tänkte att du Anna skulle spela Lisa och du Bo är Hans och Hans är Bo och Lisa är Anna. *Delar ut manus till skådespelarna.*

Lisa: Heter karaktärerna samma som oss?

Hans: Är det inte bättre att jag spelar Hans eftersom jag heter Hans och Bo Bo och så vidare?

Regissören: Vad är det med er!? Sa jag inte alldeles nyss att ni från och med nu ska ni spela den karaktär som man heter. Hans är Hans, Bo är Bo, Lisa är Lisa och Anna är Anna.

Lisa: Ja, men det gäller väl inte i pjäsen. Vi kan väl inte ändra i texten.

Regissören: Förlåt, förlåt, naturligtvis ska vi inte ändra i texten. Jag blev bara lite osäker var jag befann mig.

Hans: Vad handlar den här pjäsen om egentligen?

Lisa: Ja, jag får inte heller något grepp om handlingen.

Regissören: Det är en meta-pjäs som försöker undersöka...ja....undersöka förhållandet mellan...äh...när jag läste den igår kväll tyckte jag den verkade bra, men nu vet jag inte riktigt längre, den känns ganska förvirrad, eller?

Bo: Minst sagt. Lite svårt att veta vad som är pjäs och repetition och vem som säger vad.

Regissören: Kanske inget som vi ska gå vidare med då?

Lisa: Ärligt talat så tror jag inte det fungerar på en scen. Jag menar om vi inte förstår det, hur ska då publiken få någon behållning av det.

Regissören: Ja, vi har ju en hel del andra bra pjäser vi skulle behöva hinna med idag. Vi kanske lägger den åt sidan och får vi tid över så gör vi ett nytt försök senare. Hur låter det?

Anna: Bra.

Lisa: Ok för mig.

Regissören: Då går jag och hämtar nästa pjäs. Vänta ett tag bara. *Regissören går av scenen och kommer tillbaka.*

Regissören: Ursäkta att jag är lite sen. Jag hade problem med skrivaren. *Går runt och hälsar på skådespelarna.* Hej, Ragnar.

Greta: Greta

Karl: Karl

Johan: Johan

Stina: Stina

Regissören. Bra, ska vi börja då? Jag tänkte att vi skulle börja den här läsningen med en ny text av Mathias Jonsson, som heter, ja, helt enkelt En ny text. Det är en pjäs för fyra skådespelare. Jag tänkte att du Greta skulle spela Stina och du Karl är Johan och Johan är Karl och Stina är Greta. *Delar ut manus till skådespelarna.*

Stina: Heter karaktärerna samma som oss?

Karl: Är det inte bättre att jag spelar Karl eftersom jag heter Karl och Johan Johan och så vidare?

Johan: Har vi inte redan spelat den här pjäsen?

Stina: Ja, den känns väldigt bekant.

Regissören: Nä, har vi?

Karl: Visst har vi det?

Regissören: Säkert?

Greta: Det är jag hundra på.

Regissören: Jaha då får vi ta nästa då. Vänta så ska jag bara gå och hämta nästa pjäs. *Regissören går av scenen och kommer tillbaka.*

Regissören: Ursäkta att jag är lite sen. Jag hade problem med skrivaren. *Går runt och hälsar på skådespelarna.* Hej, Ragnar.

Vera: Vera

Anton: Anton

Kurt: Kurt

Emma: Emma

Regissören. Bra, ska vi börja då? Jag tänkte att vi skulle börja den här läsningen med en ny text av Mathias Johansson, som heter, ja, helt enkelt Den nya texten. Det är en pjäs för fyra skådespelare. Jag tänkte att du Vera skulle spela Emma och du Anton är Kurt och Kurt är Anton och Emma är Vera. *Delar ut manus till skådespelarna.*

Vera: Heter karaktärerna samma som oss?

Anton: Är det inte bättre att jag spelar Anton eftersom jag heter Anton och Kurt Kurt och så vidare?

Kurt: Har vi inte redan spelat den här pjäsen?

Emma: Ja, den känns väldigt bekant.

Ljuset släcks ner och en ensam spot tänds på regissören.

Regissören: Är vi bara skådespelare i ett drama? Gör vi bara lustiga piruetter vi stackars små marionetter. Vad är livet? Blott en hägring. Blott en skugga och en spegling. Bländverk allt, som blev oss givet! Ty en dröm är hela livet. Själva drömmen drömmer vi. Men ett medvetande står över alla, det är drömmarens; för honom finns inga hemligheter, ingen konsekvens, inga skrupler, ingen lag. En skugga blott, som går och går, är livet; En stackars skådespelare, som larmar Och gör sig till, en timmas tid, på scenen. Ja, är vi inte skådespelare i ett drama vi kallar livet? En kort stund blinkar ljuset till och vi föds och dör och så ridå.

Röd ridå

En teaterscen med en stängd röd tvådelad sammetsridå framför scenen. På var sin sida av mitten sitter två gestalter insvepta i ridån, som om de var en del av tyget. De blundar.

A: *Öppnar ögonen. Ser sig omkring. Ser på B. Viskar.* Psst. Pssst! Du. Vakna! *Slår till B med handen. B rycker till och vaknar. Ser sig förvånat omkring.*

B: Va? Har det börjat redan!

A: Sschyss. Inte än.

B: Varför väckte du mig då?

A: Jag ville bara fråga en sak.

B: Vad då?

A: Har du sett den?

B: Menar du pjäsen?

A: Ja?

B: Så där, lite grann.

A: Och? Vad är det för nåt?

B: Det är väl som vanligt. Inget speciellt. Någon som springer runt på scenen och pratar. Du vet som det brukar vara.

A: Jo, det är ju klart. Men inget mera? Är det något känt?

B: Du menar som den där pjäsen med döskallenissen som sprang omkring och skrek här förra veckan?

A: Ja, typ.

B: Nä, jag tror att det är nåt nytt.

A: Nytt. Av någon känd.

B: Nej nytt av någon ny.

A: Någon ny. Vem då?

B: Jan, Jon, Jens...äsch jag kommer inte ihåg hans namn.

A: Har han varit här?

B: Jag tror inte det, men han, du vet han som brukar springa omkring och skrika och vifta med det där pappret. Jag hörde att han pratade med honom i telefonen och han lät väldigt glad.

A: Du menar han nere i golvet.

B: Nä, inte han utan den andra, han som springer omkring på scenen och bestämmer.

A: Jaså han. Men vad handlar det om då?

B: Har du sovit hela tiden?

A. Äsch, du vet hur det är, jag har ju så lätt för att somna, när de bara pratar och pratar.

B: Det är sant. Det är om en man och han står här framför oss.

A: I publiken?

B: Nä, framför oss, precis här vi scenkanten.

A: Och vad händer sen?

B: Det vanliga. Han pratar och pratar och pratar.

A: Det brukar vara så.

B: Men sen försvinner han!

A: Försvinner! Hur då?

B: En lucka i golvet öppnas och han försvinner!

A Ramlar han rakt ner på honom nere i golvet?

B: På vem?

A: Han som brukar sitta och viska nere i golvet.

B: Nej, det är ett annat hål. Man ser det inte nu.

A: Fortsätter han att prata nere i hålet sedan

B: Hmm, jag kommer inte ihåg, jag tror inte det. Det var nog slut sen.

A: Och då drogs ridån för...

B: Nä, den var aldrig öppen.

A: Är du säkert på det? Det brukar de ju alltid göra när det är slut.

B: Men inte i den här pjäsen.

A: Är du säker, du har inte drömt bara?

Någon trevar sig fram bakom ridån försöker hitta ingången.

A: Tyst, någon kommer!

B vrider sig när personen börjar drar i ridån vid hans sida.

B: *Börjar skratta och vrida sig.* Hihihi, det kittlas, sluta, haha! Aj! Nyps inte!

Sparkar hårt bakåt, personen bakom ridån ramlar omkull och skriker Aaaj!
Skådespelaren sticker ut huvudet genom ridån med handen för näsan. Ser
sig oroligt omkring. Går in på scenen, sträcker på sig, slätar till sin frack och
sätter höghatten på huvudet. Går sedan överdrivet pompöst fram till
scenkanten. Ser ut över publiken och harklar sig. Börjar deklamera med hög
tillgjord röst.

Skådespelaren:

WArer alle wälkomne til Vbsala by/

Och så til thenna Comoedia ny/

Adel/ Prester/ Kiöpmän och Jungfruer sköna/

Ärlighe Matroner/ hwar skal röna

I sanning stoor nytto/ wårt spell

medh figh haffua/

Giffuer oss til om wij råke snaffua:

Om fremmande Gaaker wij ey wele tala/

Vthan hwadh som har hendt i Vbsala/

I Hednisk tidh för twtusend åhr och wäl meer/

Som man klarlighen aff Rrönskor seer/

tå war Swea och Götha medh mycket Folck fult/

I Lander giorde hunger stoor Tumult/

Rungen och hans Rådh giorde i Vbsal beslwt/

Och sånde Mandat kringh om Landet vth/

Thet befalte hwar Husfadher slå til döda/

Them han vthan all nytto gaff födha.

A och B ser på varandra de kan inte hålla sig för skratt. De börjat skratta så

tårarna rinner. Hela kommande scen påminner om en stumfilmfars med

Charlie Chaplin, med ett uppskruvat överspelat tempo.

A: Vilken smörja! Jag ska visa honom! *Tar fram ett ärtrör och skjuter en ärta i*

nacken på Skådespelaren, som stannar upp, ser sig omkring, men fortsätter

sedan med pjäsen. A skjuter fler ärtor. Skådespelaren hukar sig och ser

rädd ut, han börjar dra sig åt sidan. B tar fram en vattenpistol och börjar

spruta vatten på honom. Skådespelaren försöker skydda sig med hatten, drar

sig tillbaka mot ridån och försöker ta sig ut bakom ridån, men A och B håller

fast den så att han inte kommer ut. Eter ett tag öppnar de en glipa i ridån så

Skådespelaren kan sticka ut huvudet, men snaran dras åt och han sitter fast.

Skådespelaren sprattlar som en fisk, A och B börjar puckla på honom.

Skådespelaren kommer till slut loss och rusar bort till scenkanten. Han ser

vansinnig ut, tar sats och kastar sig med full fart fram mot ridån. A och B

öppnar ridån i sista stund och Skådespelaren rusar in bakom scenen, man

hör krasch och bang när föremål ramlar ner och går sönder. A och B skrattar

gott.

B: *Härmar på ett löjligt sätt.* WArer alle wälkomne til Vbsala by/ Och så til thenna Comoedia ny/

A: Haha! Vilken flopp! Så här kul har jag inte haft sedan den tjocka tanten sjöng så kristallkronan rasade i golvet.

Bakom ridån hör man folk som ropar och skäller, en vaktmästare kommer ut och börjar undersöka ridån, A och B är stilla och blundar, regissören kommer ut, svettig och upprörd.

Regissören: Nå, hittar du något?

Vaktmästaren: Nej, den verkar fungera som den ska.

Regissören: Så klart, vad hade jag förväntat mig. Varför anställde jag honom från början? Jävla vrak, det är vad han är. Jag förstod att det skulle gå åt helvete. *Ser på ridån.* Plocka ner den!

Vaktmästaren: Ridån?

Regissören: Vad ska man med en ridå till!? Den hänger ju bara där och samlar damm. Det är omodernt med ridå! Det är bara en gammalmodig inventarie, en onödig barriär mellan konsten och publiken. Ta ner den!

Vaktmästaren: Vad ska jag göra med den sen?

Regissören: Vad vet jag! Kasta den, bränn upp den!

Vaktmästaren: Men det är ju teaterns egendom.

Regisssören: Lägg upp den på vinden då, bara jag slipper se den.

Regissören går sin väg, vaktmästaren börjar plocka ner ridån. Vaktmästaren går iväg för att hämta en packkärra.

B: Se vad du har ställt till med nu. Nu hamnar vi uppe på vinden igen.

A: Ja, ja, men då slipper vi allt babbel iallafall och så får man sova i fred och slipper alla som sliter och drar i en.

B: Jag kommer nog ändå att sakna att hänga här och se ut över publiken. Det är lite festligt ibland.

A: Var inte ledsen, du ska se att de plockar fram oss igen. Det kommer snart någon ny som ska bestämma och då ska det vara ridå igen.

B: Tror du det?

A: Ja, det är jag helt säker på, oroa dig inte.

B: Det ska iallafall bli skönt att kunna få sova utan att bli störd hela tiden.

Vaktmästaren kommer tillbaka, Han lägger ridån på packkärran. Ser ut på publiken. Säger till regissören som befinner sig på scenen.

Vaktmästaren: Hur gör vi med föreställningen?

Regissören: Den är slut! Vi kan ju inte fortsätta utan skådespelare förstår du väl! Stäng ridån, föreställningen är slut!

Vaktmästaren: Men den har vi just plockat ner?

Regissören: Helvete också! Men tryck på brandlarmet då, så vi får ett slut på det här spektaklet nån gång!

Vaktmästaren trycker på brandlarmet och rullar iväg med ridån på vagnen.

En het potatis eller lunch med Bünel

Scen: *I en tågkupé sitter fyra personer. Två kostymklädda yngre män, en ung fyllig kvinna (Enedina) och en medelålders "kulturkuf". Tåget åker genom en lång tunnel, utanför fönstret svischar ljus förbi. Alla sitter upptagna med sina mobiltelefoner. Man hör bara brottstycken av samtalen som växlar fram och tillbaka.*

Man1: Be våra jurister kolla igenom överlåtelseparagrafen på sidan åtta...

Man2: Vi går in och köper när det passerat 13 enheter, inte tidigare...

Enedina: Ja, och då sa han bara, nej, det är inte sant, du skulle bara ha sett va...

Kulturkufen: Ja, lilla mamma jag har tagit med mig extra strumpor...

Man1: Kolla upp med USA hur optionsfördelningen ligger...

Man2: I den senaste delårsrapporten har de strategiska investeringarna ett positivt flöde...

Enedina: Ja, men snälla, det kan du ju, va gulligt...

Kulturkufen: Jag ska vara försiktig lilla mamma, oroa dig inte.

Man1: Och håll ett öga på den japanska börsen, den öppnar strax...

Man2: Öka avdragskoefficenten i kalkylblad 8 och meddela mig,,

Enedina: Vet du vad jag såg igår, ja, precis, är det inte märkligt...

Kulturkufen: Såklart jag har tvättat öronen mamma, två gånger till och med.

Man1: Prisindex för Centraleuropa, kan du maila över 2a kvartalet?

Man2: Nej, 13 enheter sa jag, 10 är för lite...

Enedina: Jo men visst, du skulle bara se. Vilken figur alltså...

Kulturkufen: Jag ska tänka på det lilla mamma, var inte orolig...

Man1: Hur ligger hedgefondernas avkastning i jämförelse med förra årets avkastningsindex...

Tåget bromsar hastig in i tunnel och blir stående. Mobilerna slutar att

fungera.

Man1: Hallå! Hör du mig!

Man2: Hallå! Jag tappade kontakten.

Enedina: Hör du mig hjärtat?

Man1: Jag hör dig inte!

Man2: Ingen täckning!

Kulturkufen: Ja, lilla mamma, rena strumpor, jo visst har jag med mig det.

Männen och kvinnan skakar på telefonerna, håller upp dem mot taket,

försöker hitta täckning. Blir efter ett tag medvetna om Kulturkufen som

fortfarande pratar i sin telefon.

Kulturkufen: Jag tog de blåa och de röda strumporna, ja, dem med vita

stjärnor på.

Man1: Ursäkta fungerar din telefon?

Man2: Man skulle inte kunna få låna den? Du jag måste ringa ett viktigt samtal.

Kulturkufen: Det ska jag göra, jag ska vara försiktig mamma.

Man2: Ursäkta! Kan jag få låna din telefon en stund. Jag måste ringa ett viktigt

samtal.

Kulturkufen: Nej! Det är min telefon! Ja, mamma, de röda med stjärnor på.

Man1: Jag betalar naturligtvis för lånet. Det blir bara ett kort samtal.

Man2: Jag skulle också behöva låna telefonen ett litet tag. Du får betalt så

klart.

Kulturkufen: Nähä det är min telefon!

Enedina: Va nu lite förnuftig. Dem här herrarna vill ju bara ringa ett samtal

eftersom deras telefoner inte verkar fungera

Man1: Jag måste verkligen ringa. Det är mycket pengar som står på spel

förstår ni.

Man2: Jag måste också ringa det är akut. Företagets framtid kan hänga på det här samtalet.

Enedina: Där hör ni att det är viktigt. Ett nödläge. Ni måste låna ut er telefon

Kulturkufen: Nej, nej, det är min telefon, bara min, ja, lilla mamma jag packade ner koftan också, men vet inte det kan bli kallt.

Man1 och Man2 viskar med varandra och sneglar på Kulturkufen.

Man1: Ni vägrar alltså att lämna ifrån er telefonen?

Man2: Vi behöver verkligen låna telefonen en stund.

Man1: Vi ska naturligtvis ersätta dig väldigt frikostigt om vi får låna den en kort stund.

Kulturkufen: Nej har jag sagt! Det är min telefon

Man1: I så fall ger du oss inget val.

De två männen kastar sig över mannen och försöker ta telefonen Kulturkufen gör hårt motstånd. De brottas på kupégolvet. Efter ett tag får Man2 tag i telefonen.

Man2: Jag har den! Här är den. *Håller upp telefonen i luften.*

Man1: Men vad är det där?

Man2: En potatis?!

Kulturkufen: Det är min potatis. Det är en King Edvard.

Man1: Var har du telefonen!?

Man2: Var har du gömt den!?

Man1: Ja, plocka fram den annars ska du få.

Man2: Håll fast honom så ska jag söka efter den.

De håller fast mannen och kroppsvisiterar honom, men hittar ingen telefon.

Man2: Jag hittade ingen, men han pratade väl i en telefon?

Kulturkufen: *Börjar gråta.* Var är min potatis? Jag vill ha min potatis. Jag kan inte prata med min mamma utan min potatis

Enedina: Ge honom hans potatis då! Ni ser väl att han är ledsen.

Man2: Här ta din dumma potatis.

Kulturkufen: *Tar potatisen och fortsätter prata med sin mamma.* Hej lilla mamma, det är bra med mig. Jag kommer strax hem. Jag saknar dig också. Ja, jag har tagit med mig extra strumpor.

Man1: Han är ju för fan tokig. Prata med en potatis.

Man2: Hur länge ska vi egentligen stå här? Jag måste ringa, det är avgörande för min framtid.

Man1 Jag ska gå ut och se om jag får tag i konduktören. Han borde väl veta. Det kanske finns en annan telefon på tåget som fungerar. *Försöker öppna dörren men den sitter fast.* Dörren verkar ha fastnat, jag får inte upp den

Man2: Vänta ska jag hjälpa dig, nej, den har fastnat! Hallå är det någon som hör oss. *De bägge männen bankar på dörren.*

En knastrig artificiell röst hörs i högtalarna: Vi har för tillfället ett tekniskt fel. Vi undersöker saken. All elektronik utslagen. Dörrarna går inte att öppna. Nödbelysning fungerar. Arbetar med att lösa felet. Ingen orsak till oro. Ta det lugnt. Vi undersöker felet. Återkommer med mer information....

Plötslig ringer en klocka. Skådespelarna stannar upp och lyssnar.

Kulturkufen: Det är lunch. Det var på tiden.

Skådespelarna i kupén öppnar dörren och går ut på scenen. Från sidorna kommer andra skådespelare, regissör och personal på teatern. De bär på bord och stolar, dukar upp ett långbord med vit linneduk, kandelabrar med levande ljus, plockar fram bröd, dryck och mat. Alla sätter sig runt bordet, börjar äta och prata med varandra.

Regissören: Tyst. Kan ni vara lite tysta? Eftersom det är säsongens sista föreställning ska Enedina ta en bild som ett minne av den här måltiden.

Man1: Var är kameran?

Enedina: Mina föräldrar gav den till mig. Allihop över till den här sidan. Om ni inte står stilla kan jag inte ta något foto. På mitt tecken så står alla stilla. Rör er inte.

Alla skådespelarna och personal står nu samlade vi ena sidan av bordet i samma positioner som på Leornado da Vincis målning Nattvarden. Enedina tar kortet genom att lyfta på sin kjol. Alla skrattar.

Regissören: Nej, nu är det dags att fortsätta. Alla hjälps åt att duka undan och flytta undan bordet. Rensa scenen, skynda på, föreställningen börjar snart igen. *Man dukar undan. Skådespelarna går in i kupén, de stänger dörren och ställer sig i samma positioner som innan lunchen.*

Man2: Hallå! Är det någon som hör mig! Kan ni öppna dörren.

Man1: Det är viktigt jag måste ringa.

Man2: Släpp ut oss det är en nödsituation.

Man1: Är det ingen som hör oss!

Kulturkufen: Någon har ätit upp min potatis!

Man1: Hallå är det någon där!

Kulturkufen: Vem har ätit upp min potatis!

Enedina: Lugna dig, vi är mitt i en föreställning!

Kulturkufen: Det bryr jag mig inte om! Någon har ätit upp min potatis! Är det du?

Man1: Lugna dig, publiken kan höra dig!

Kulturkufen: Det bryr jag mig inte om! Jag såg nu hur du tittade på min potatis under lunchen! Vad är det du har där i mungipan.

Man1: Ingenting. *Stryker sig runt munnen.* En brödbit kanske?

Kulturkufen: Det var du! Du din, jag ska slå ihjäl dig! *Kastar sig över Man1.*

Man2: Lugna dig. *Försöker dra bort Kulurkufen men lyckas inte. En strid uppstår. De brottas. Man2 tar ett paraply från hatthyllan och slår Kulturkufen* *hårt i huvudet så han svimmar.*

Man1: Tack! Han var ju helt galen! Vilken idiot!

Enedina: Vad har ni gjort! Han blöder ju!

Man1: Varför bryr du dig om honom? Jag då? Det var ju mig han kastade sig

över.

Enedina: Han är ju skadad.

Man1: Sinnesjuk möjligen. Vad ser du hos honom egentligen? Jag såg nu hur

du bjöd ut dig ut dig under lunchen med din nya kamera och allt. *Skrattar rått.*

Vi kan kanske ta en gruppbild med kameran nu när vi har blivit ensamma.

Enedina: Snuskhummer! Låt mig vara. Gå härifrån jag vill inte se dig.

Man2: Nä men vad sur du är nu då. Jag kan ta fram mitt teleobjektiv, så blir du

nog liter gladare Enedina. Du ska se att den passar bra i din kamera.

Man1: Ja, ska vi ta några bilder Enedina med din kamera som du så villigt

visade upp? Jag har en stark utlösare. Kom här så får du känna.

Männen börjar dra i Enedina. De smeker henne försöker kyssa henne. Hon

gör motstånd. Vänder sig bort. De blir allt mer påträngande och våldsamma.

De sliter sönder hennes blus.

Enedina: Låt bli mig. Jag vill inte. Sluta, jag ber er!

Männen börjar släpa ut henne från kupén ut på scenen. Den ena håller fast

henne medan den andra försöker våldta henne. Enedina bönar, ber och

gråter.

Enedina: Sluta, snälla, jag ber er!

En knastrig artificiell röst hörs i högtalarna: Vi har för tillfället ett tekniskt fel. Vi

undersöker saken. All elektronik utslagen. Dörrarna går inte att öppna.

Nödbelysning fungerar. Arbetar med att lösa felet. Ingen orsak till oro. Ta det

lugnt. Vi undersöker felet. Återkommer med mer iiiiiiiiiiiii...

Det blir rundgång i högtalarna. Ett högt pipande ljud får skådespelarna på scenen att sätta händerna för öronen och vrida sig på scenen. Det pipande ljudet förvandlas till ett visslande, som ljudet av en missil som närmar sig nedslagsplatsen. Ett starkt ljussken lyser upp hela scenen och bländar alla. Det blir mörkt och tyst. Paus. I mörkret hörs en mobil som ringer, sedan en till och en till. Man hör ljudet av elektronik, tåget som start upp efter strömavbrottet. Ljuset återvänder. På scenen sitter skådespelarna, de ser sig yrvakna omkring, rättar till kläderna, håret. De blir medvetna om att mobilerna ringer. De rusar upp och springer in i kupén. Tar upp sina mobiler och börja prata som om ingenting hade hänt.

Man2: Sa du att kursen låg på tolv och en halv, det låter bra, Sälj genast! Har Japanbörsen öppnat?

Enedina: Nä, säger du det, det menar du inte...

Kulturkufen: Ja mamma jag har rena kalsonger på mig idag

Man1: Kan du koppla mig till Mike på Financial Capital Investment.... ja just det huvudkontoret i Singapore.

Enedina: Jag köpte förresten en ny blus i går, ja, den röda...

Man1: Hej Mike, hur står det till? Kan du hjälpa mig med andra kvartalets slutrapport?

Kulturkufen: Ja, jag tog rena kalsonger i morse, det är säkert...

Man2: Bra! Då går vi in och köper om index hamnar mellan två och två och en halv enhet.

Ljuset släcks sakta ner i kupén. Det blir mörkt och tyst. En svartklädd städare kommer in från kulisserna. En ensam svag spot följer honom medan han sopar av scengolvet. När han kommer mitt på scenen vänder han sig mot publiken. Vilar sig mot sopborsten, kliar sig i huvudet, rycker på axlarna och säger:

Städaren: Tja, det var ett slut lika bra som något annat.

Städaren fortsätter att sopa. Musiken till "Ett glas öl" ur revyn "Glaset i örat" börjar spelas i bakgrunden. Städaren börjar graciöst dansa över scenen med sin sopborste. Han stannar till framför scenkanten vänder sig mot publiken

Städaren: Fast det är klart. Slutet känns ju lite abrupt, lite ofullständigt, eller hur? *Tänker efter.* Kanske hade det blivit bättre om det slutade med ett gudomligt ingripande, ett deus ex machina som det så fint heter?

Från scentaket hissas en ung kvinna i rosa rokokoklänning ner på en stor trägunga. Hon ser ut som flickan i Fragonards målning "Gungan". Flickan sträcker ut sin hand mot den mörka tågkupen. Dörren till kupén öppnas och de fyra skådespelarna, som nu är vitklädda, kommer ut från kupén. De tar varandras händer och går avvaktande fram mot flickan, liksom bländade av hennes uppenbarelse. Vaktmästaren dra upp sin svarta kåpa över huvudet och vänder på sopborsten så den liknar en lie. Han går bort till gruppen och drar med sig dem på en långdans över scenen. De dansar bort över scenen mot den upplysta kulissen. Deras svarta silhuetter påminner om slutscenen i Ingemar Bergmans "Det sjunde inseglet".

De stulna stolarna

Konferencier: Kära publik välkommen till kvällens föreställning som kommer att bli en riktig besvikelse. Ni ska nämligen få se en pjäs av en författare som har rykte om sig att skriva nyskapande metadramatik. Ingen som har sett hans pjäser har lämnat salongen oberörd. I hans värld kan nämligen allt hända, här gäller inte längre teaterns regler eller konventioner. Illusioner bryts, gränsen mellan publik och skådespelare, mellan fiktionen och verkligheten tänjs, sprängs och suddas ut. Det är antiteater, nyteater, metateater, om det nu ens kan definieras som teater. Det är snarare konstnärliga övningar, tankeexperiment, djärva idéutkast och fruktansvärda brott mot litteraturen. Men i kväll, kära publik, har vår författare, tyvärr måste jag säga, valt att framföra ett konventionellt stycke. En vanlig, småtrist historia, förutsägbar och intetsägande. Om jag får säga det själv, ganska ordinärt och tråkig, knappast värt de dyra pengar som ni kastat upp inför kvällens föreställning. Jag vet att många av er har kommit hit med förhoppningen om få er verklighet omskakad och förändrad. Att ni efter föreställningens ska kunna lämna byggnaden med känslan att ni har upplevt något unikt som förändrat er i djupet av era trista vardagliga själar, men tyvärr, det kommer inte att hända ikväll. Jag vet, det är en besvikelse, men sånt är livet, fullt av besvikelser och krossade drömmar, men det är bara att bita ihop och gå vidare. Om nu någon i publiken mot all förmodan skulle se en likhet mellan kvällens pjäs och den absurda dramatikerns Eugene Ionescos mästerverk "Stolarna" så beror det helt enkelt på att vår författare stulit hela idén rakt av från denna briljanta dramatiker. Det är nu inget han skäms över, tvärtom så är riktigt nöjd över sin bravad, eftersom han är ganska säker på att ingen i publiken är tillräckligt beläst eller begåvad för att förstå var han hämtat inspirationen från. Men nog pratat om detta, till kvällens föreställning "De stulna stolarna"! Låt besvikelsen börja!

Gumman och gubben ställer fram trästolar inför kvällens föreläsning.

Föreläsaren kommer in genom dörren.

Gubben: Vem är ni?

Föreläsaren: Föreläsaren som ni har anlitat. Är jag för tidig?

Gumman: Vi trodde inte du skulle komma.

Föreläsaren: Varför inte?

Gumman: Jag vet inte. Vi har inte förberett något.

Föreläsaren: Det behöver inte vara så märkvärdigt. Jag har mina papper här.

Det är allt jag behöver, så ni kan börja släppa in publiken när ni känner för det.

Gubben: Ja, det är det...

Gumman: Vi trodde inte du skulle komma...

Gubben: Så vi har liksom inte sagt något...

Gumman: att det ska bli någon föreläsning.

Föreläsaren: Har ni inte annonserat om föreläsningen?

Gumman: Nej, precis så är det.

Gubben: Det har liksom inte blivit av.

Föreläsaren: Vilka kommer då?

Gumman: Nja, ni och så jag

Gubben: och jag.

Föreläsaren: Inga fler?

Gumman: Nja, det kan ju komma förbi någon av misstag.

Gubben: Ja det vet man inte i förväg. Någon kan ju gå fel.

Gumman: Precis, så kan det vara.

Föreläsaren: Händer det ofta att folk kommer hit av misstag? Jag menar ert

hus ligger ganska avsides. Jag hade väldigt stora problem att hitta hit. Jag fick

fråga flera gånger. Det var knappt någon som visste var det låg. Det var bara rena turen att jag inte gick vilse på vägen. Hade jag inte varit ute i så extremt god tid hade jag aldrig hunnit hit.

Gubben: Det var ju synd.

Gumman: Tråkigt.

Gubben: Hade besparat oss en del besvär.

Gumman. Precis.

Föreläsaren: Nu är jag i alla fall här och tänker hålla min föreläsning oavsett om det kommer någon eller inte. Jag brukar alltid fullfölja mina uppdrag. Jag har aldrig ställt in en enda gång varken för snöstorm, strömavbrott eller sjukdom. Det är något jag är stolt över.

Gubben: Ja, om du känner på det sättet så.

Gumman: Vi ska inte hindra dig.

Gubben: Låt oss bara ställa i ordning stolarna.

Gumman: Ifall det skulle komma någon i sista stund.

Gubben: Man vet aldrig.

Gumman och gubben fortsätter att ställa i ordning stolarna. Föreläsaren går igenom sina papper. Dricker lite vatten. När stolarna står på plats sätter sig gubben och gumman ner och väntar. Föreläsaren harklar sig.

Föreläsaren: Kära åhörare det är roligt att se att så många kunde komma. Jag tänkte hålla ett föredrag om...

Det bultar på dörren. Alla tittar på dörren.

Föreläsaren: Ska ni inte öppna?

Gubben: Nä, det är säkert ingen.

Gumman: Bara en gren som slår i vinden.

Det bultar igen på dörren.

Föreläsaren: Det är någon som vill in.

Gubben: Det tror jag inte. Jag hör inget.

Gumman: Bryr er inte om det. Fortsätt med er föreläsning nu.

De bultar igen på dörren.

Polisen: Öppna det är polisen. Jag vet att ni är där inne.

Föreläsaren: Nu får ni väl öppna ändå.

Gubben: Oj, oj, oj, jag är rädd. Håll om mig.

Gumman: Jag också.

Det bultar igen.

Polisen: Öppna annars slår vi in dörren.

Gumman går långsamt fram till dörren och öppnar den försiktigt. Polisen och mannen trycker sig in genom dörren så att de nästan ramlar in i rummet.

Polisen: Varför öppnade ni inte? Hörde ni inte att vi knackade på?

Mannen: Där är dem. Vad var det jag sa. Där är mina stolar.

Polisen: Lugna dig lite, så ska vi snart reda ut det här. Det har riktats en allvarlig anklagelse mot er. Mannen här hävdar att ni stulit hans stolar.

Gumman: Oj, oj, oj, hur ska det gå. Tänk om vi hamnar i fängelset.

Gubben: Stackars oss, stackars oss.

Föreläsaren: Vad står på?

Polisen: Vem är ni?

Föreläsaren. Föreläsaren.

Mannen: Är ni föreläsaren? Som jag har väntat på er.

Föreläsaren: Vad menar ni?

Mannen: Jag har arrangerat en föreläsning ikväll, men de här tjuvarna har tagit mina stolar, och till råga på allt har inte föreläsaren kommit. Men nu förstår jag, ni har av misstag gått hit istället. Jag skyller inte på er, det är inte så lätt att hitta här ute i obygden och vägbeskrivningen var inte den bästa, men jag är bara så lycklig att ni kommit tillrätta.

Föreläsaren: Det måste vara ett misstag. Det var hit jag skulle, jag brukar aldrig gå fel.

Mannen: Men ni är väl den kända föreläsaren som håller föredrag om...

Polisen: Hur var det med stolarna? Är det era stolar?

Mannen: Ja, det är det.

Polisen: Nå då får ni se till att de kommer tillbaka till er om ni ska ha dem. Ni sa ju att det var bråttom?

Mannen: Ja det är klart det är bråttom. Men jag kan ju inte bära alla själv. Du kan väl ta några, så kan jag kanske besvära er att ta med några också. Jag menar ni ska ju ändå dit och hålla ert föredrag.

Polisen: Ser jag ut som en packåsna kanske. Du får transportera stolarna själv, mitt uppdrag är slutfört.

Föreläsaren: Och som jag sa tidigare så har ni misstagit er. Jag är inte den föreläsare ni söker. Om ni ursäktar mig så har jag ett föredrag att hålla.

Föreläsaren går tillbaka till sin plats. Dricker lite vatten och börjar om. Kära åhörare det är roligt att se att så många kunde komma. Jag tänkte hålla ett föredrag om...

Mannen: Det är ju ingen här! Tänker ni hålla ert föredrag för tomma salonger? Jag förmodar att ni har arbetat en hel del med ert föredrag, att det tagit lång tid att förbereda? Är det inte bortkastat om ingen lyssnar? Följ med mig istället, det står en stor publik och väntar vid mitt hus på att höra ert föredrag.

Föreläsaren: Nu är det inte ni som har anlitat mig utan det här gamla paret. Och vad spelar det för roll hur många som lyssnar? Jag har hellre en liten intresserad publik än en fullsatt salong med människor som inte bryr sig. Nu få ni ursäkta mig, klockan är redan kvart över sex. Nu har jag bara 45 minuter kvar för att hålla mitt föredrag, sedan måste jag skynda mig vidare. Kära åhörare...

Mannen: Klockan är bara kvart över fem, inte sex.

Föreläsaren: Det kan inte stämma. Min klocka är kvart över sex.

Polisen: Jag är rädd att han har rätt, min är också bara kvart över fem.

Föreläsaren: Men då är jag ju alldeles för tidigt, det var märkligt. För det var väl klockan sex ni ville att jag skulle komma och föreläsa. Nu blir jag osäker.

Gumman: Jag vet inte riktigt. Jag är inte ens säker på att det var idag det skulle komma någon att föreläsa. Det var kanske imorgon?

Gubben: Eller igår?

Mannen: Där ser ni! Min föreläsning börjar klockan sex och ni ska föreläsa klockan sex, alltså har ni gått fel. Det är hos mig ni egentligen ska vara! Ta med era papper, och några stolar så går vi bort till mig.

Föreläsaren: Men ni är väl herr och fru Kvist.

Gubben: Visst är vi Qvist!

Gumman: Kul Qvist som vi brukar säga.

Gubben: Ja, eftersom vi stavar med Q och inte K.

Föreläsaren: Men på mitt papper står det Kvist med K.

Gubben: Ja, det var ju en annan femma!

Gumman: Ja, då är det ju inte vi!

Föreläsaren: Men det här är väl Rosenqviststigen 12.

Gumman: Ja, det kan vi ju inte förneka.

Gubben: Javisst, på en kär Rosenkvist bor en kul Qvist . Vi brukar säga så för att skilja oss från Herr och Fru Kvist med K som bor på Rosenqviststigen 12.

Föreläsaren: Finns det en herr och fru Kvist som stavar med K som också bor på Rosenkviststigen 12.

Gubben: Nej, Kvist med K bor på Rosenqviststigen 12, med Q

Föreläsaren: Jag måste erkänna att jag är lite förvirrad. Var ligger då Rosenqviststigen 12 med Q om jag får fråga?

Gumman: Det är en bra bit härifrån.

Gubben: Ja, på andra sidan skogen.

Gumman: När man kommer från stora vägen. Finns det en vägkorsning med en skylt. På den ena står det Gå dit vägen och på den andra Gå Hit vägen. Går du Gå dit vägen så kommer du till oss, Qvist med Q, men väljer du gå Gå hit vägen kommer du till Kvist med K.

Föreläsaren: Ni får verkligen ursäkta mig. Jag har tydligen tagit helt fel. Det har aldrig hänt förut. Jag måste skynda mig så jag hinner till min föreläsning.

Gubben: Ni går?

Föreläsaren: Ja, ja måste skynda mig jag är redan sen. Jag är ledsen för allt besvär.

Gubben: Ingen fara. Det är bara skönt att ni går.

Gumman: Ett bekymmer mindre.

Mannen: Men min föreläsning då? Ni skulle ju komma till mig.

Föreläsaren: Heter ni också Kvist och bor på Rosenqviststigen 12?

Mannen: Nä, det gör jag inte.

Föreläsaren: Då så. Då var det inte till er jag skulle iallafall, eller hur?

På väg ut genom dörren hejdar polismannen föreläsaren.

Polisen: Förlåt mig, men jag är bara lite nyfiken. Vad var det egentligen er föreläsning skulle handla om?

Föreläsaren: Om Eugene Ionescos drama "Stolarna". Men nu får ni ursäkta jag måste springa.

Scenen består av tre stora griffeltavlor som bildar ett scenrum. I mitten finns en rund vit scen om påminner om en barnkarusell, som är uppdelade i fyra tårtbitar med hjälp av ett metallräcke. Längst fram står mannen, efter honom Kung Ubu, Döden från Bergmans film "Det sjunde inseglet" och slutligen Poeten. Medan monologerna fortgår rör sig Nosferatu från F.W Murnaus film i bakgrunden av scenen och målar med hjälp av gatukritor upp expressionistiska scenografier hämtade från Robert Wienes film "Das Cabinet des dr. Caligari" (1920) på de tre svarta griffeltavlorna

Mannen: Varför?! Varför skapade du mig så medelmåttig?! Jag är varken det ena eller det andra. Min själ befinner sig i en hiss som stannat mellan två våningar. Jag kan varken ta mig ner i dumhetens mörka källarglömska eller upp till geniernas solbelysta terrass. Instängd i mig egen ofullkomlighet, i medelmåttans trånga bur vankar jag rastlöst runt i mitt fängelse. Varken tillräckligt dum för att nöja mig med min lott eller tillräckligt smart för att ta mig ur min situation. Klättra ur hissen, utbrister den djärve! Fly din bur, ta trapporna upp till ljuset! Dårskap! Ja, dårskap säger jag. Tänk om jag blir hängande mitt emellan hissen och golvet när hissen startar igen! Vilken fruktansvärd plåga och död! Nej, tanken skrämmer mig. Jag tänker inte lämna min plats förrän jag är försäkrad om att det är helt ofarligt att klättra ut. Det kanske kommer någon och räddar mig. Ja, någon upptäcker snart att jag sitter fast. Någon saknar mig däruppe på terrassen där festen pågår för fullt. Man ropar efter mig. Söker mig. Finner mig. Räddar mig. Leder mig upp till ljuset där jag hör hemma. Eller så blir hissen lagad. Plötsligt börjar hissverket gnissla, det rycker till, sakta rör jag mig uppåt, uppåt mot ljuset. Jag är på väg hem! Men tiden går, jag står fortfarande här, mitt i medelmåttans träsk.

Scenen snurrar ett kvarts varv.

Kung Ubu: Vid min gröna taljdank. Vad den här dräkten kliar och varm är den också. Ha, ha en sån dårskap. En spark i rööööven ska du ha din medelmåtta. Man gör vad man vill och jag gör mig mest till. Kråmar och åmar mig för min fina Cunnigunda. Rööövhål! Så var det sagt. Inge märkvärdigt med det. Det som kommer in ska komma ut vid min gröna taljdank. Här står jag och svamlar när jag har kungligt tarv att förrätta. Fram med den kungliga förgyllda pottan nu ska det skipas rättvisa. Av med huvudena på dem! Inget rensar magen som en morgonavrättning. Nya lagar ska stiftas. Vad ska jag skriva på? Ett skitpapper duger bra som underlag. Lystring alla undersåtar. Kung Ubu åderlåter sin tarm över er dödliga och förkunnar att från och med idag är toarullen er nya lagbok och nåde den som torkar sig med lagtexter. Av med huvudet på dem!

Scenen snurrar ett kvarts varv.

Döden: Länge har jag gått vid din sida. Du blev inte upptäckt när du var 20 år, du blev inte geniförklarad när du var 30 och ingen odödliggjorde dig när du fyllde 40. Nu är allt försent. Men var inte rädd människa, din tid är inte kommen. Du har bara nått mitten av din levnadsbana. Ännu återstår minst 40 år av bitterhet, förfall och vedermödor när du vandrar ensam i medelmåttans gråa dödsdal. Du kan inte undfly ditt öde. Du är alldeles för feg för att dra självmördarens vassa beslut. Du tror att du har alldeles för mycket att förlora och innerst inne hoppas du ännu på räddningens timma. Men från med idag ska jag låta min skugga kasta sitt kalla sken över dig och låta kylan påminna dig om din dödlighet. Ångesten ska sakta fylla din själ medan stigen leder dig allt närmare mörkret. Jag går vid din sida som en skugga.

Scenen snurrar ett kvarts varv.

Poeten: *Gurglar sig med munvatten. Spottar ut.* AAAAA! A är en bra början. Sedan lägger jag varje bokstav i alfabetet efter varann i en prydlig rad, varje bokstav verkar genial, men när jag lyfter upp mitt poetiska halsband lossnar alla bokstäverna och rullar iväg över golvet. Det är som om tanken inte orkar hålla ihop denna konstruktion, som om geniets tunna tråd fattas mig. Min värld rasar ner i dyslexi och oläsliga skrifter, utsuddade försök, överstrukna tankar, på ett papper som brister under mina fåfänga ansträngningar.

A, B, C

kom och se

D, E, F

poeten som misslyckas

med sitt rim

han står dum och trist

nedfallen från egen

avsågad kvist.

Scenen snurrar ett kvarts varv.

Mannen: Vad kallt det blev, som om en kall vind smekte min rygg. Det värker i knäet, och ryggen känns inte bra. Magen är i olag. Uppsvälld och gasig. Är det allt kaffe, sprit och feta såser? Mitt välmående välstånd börjar lägga sig som en tung kedja runt midjan. Men något ska man väl ändå trösta sig med? Jag har redan levt så länge. Något gott förtjänar man väl i livet? Man kan väl inte bli munk och asket bara för att man börjar bli till åren? Vem vet hur länge man lever. Gnaga på morötter, dricka vatten, plåga sig på motionscykeln år efter år bara för att en vacker dag får slaganfall, en åder som brister i hjärnan, en cancersvulst som växer och slukar allt liv inom en som ett mörkt hål. Nej, jag vill inte tänka på det. I morgon är en annan dag, man måste leva nu och njuta av dagen. I morse såg jag ett grått hårstrå i badrumsspegeln. Det har börjat växa hår i mina öron, rynkorna verkar djupare i det här ljuset, skinnet liksom gråare och slappare. Det går utför för mig. Jag är Sisyfos som har nått toppen av berget. Härifrån är det bara nedför. Nej, det behöver ännu inte vara försent. Snart tippar kanske vågen över åt mitt håll. Allt jobb, alla mödor ger plötsligt resultat. Motvikten förskjuts och den stängda dörren öppnas framför mig. Jag släpps in i det inre hemliga rummet. Jag slipper att sitta i medelmåttornas vänthall, trängas med alla andra med brustna drömmar och förhoppningar. Jag kan kasta av mig min gråa förklädnad, visa min själs innersta skimrande tankar. Jag ska glänsa, beundras, lysa som en stjärna i det mörka valvet, om så bara ett kort ögonblicks blinkning på natthimmel. Jag vill en gång i livet brinna, om så bara för att slockna. Men istället glöder jag tryggt som en gammal grill fylld med medelvarm grillkol där barnen tryggt kan grilla sina korvar.

Scenen snurrar ett kvarts varv.

Kung Ubu: Grunk! Vilken fåne! Som en fjärt ur min stjärt. Jag Kung Ubu, Poloniens furste, arvtagare till den farliga leken, prins av näsorna förkunnar ur djupet av mitt svalg ett kungliga sekret med sigill, stämplar och hela ryska baletten. Hör! Hör! Kung Ubus ord! .... Va fan skulle jag säga nu då! Vid min turkiska mästress arsle jag har glömt det. Kanalj! Det är mitt fel min odåga! Min usling som inte kan komma ihåg kungliga sekret. Av med huvudet på mig. Nej, vänta, nu kom det tillbaka som en spottloska i vinden. Alla som jag huggit huvudet av, och det är många i mina dar, förbjuds att bära hatt och mössa. Ja, just så var det tänkt i min kungliga excellens. Och den som bryter detta kungliga sekret hugger jag huvudet av. Hm, vänta nu, hur hugger man huvudet av en huvudlös? Jo visst! Först klistra jag på det igen och sen hugger jag huvudet av dem! Av med huvudena och näsorna om de är för långa!

Scenen börjar snurra allt snabbare och snabbare. Skådespelarana försöker förgäves hålla sig kvar och säga sina repliker under den korta period som de i ljuset framför publiken.

Döden: Tänk på att du ska dö....

Poeten: Älskling du är som en ros...

Mannen: Det känns så hopplöst...

Kung Ubu: Raaap! Vilken kunglig ettikett.

Döden: Lien blixtrar till..

Poeten: Det är vackrast när det skymmer...

Mannen: Livet är svårt att leva...

Kung Ubu: En smaklig spis...

Döden: Ett ständigt jagande efter vind..

Poeten: Vem minns den snö som föll i fjor..

Mannen: Livet snurrar allt snabbare...

Kung Ubu: 13 helstekta grisar

Döden: Kvinnan föder gränsle över en grav...

Poeten: Kärleken vissnar som en ros...

Mannen: Ångest är min arvedel

Kung Ubu: 42 fläskkotletter....

Döden: Gravens kalla hand...

Poeten: Maskarnas slingrar sig...

Mannen: Livet...

Kung Ubu: 20 vinfat

Skådespelarna ramlar av karusellen och faller huller och buller omkring på scenen.

Kung Ubu: Vid min kungliga taljdank! Hur vågar någon kasta av det kungliga geniet! Jag ska stoppar hela den förbannade pjäsen i röven och spränga skiten till konfetti! *Han tar fram manuset och stoppar in det i en rund svart bomb och tänder på stubinen Tänt var det här! Håller för öronen och backar. Bomben exploderar och kastar upp ett moln av konfetti i luften.*

Döden: Mina öron! Jag har fått nog av ditt högljudda skrävlande. Idiot!

Kung Ubu: Hur vågar du tilltala Kung Ubu ditt benrangel. Av med huvudet!

Döden: Med nöje. *Hugger av huvudet på Kung Ubu med lien och går därifrån.*

Poeten: Ööööööööö, jag mår illa, jag tror det är slut, jag kilar vidare och går ut.

Mannen: *Kravlar fram till scenkanten alldeles vimmelkantig, faller ihop utmattad. Nosferatus har ritat klart kulisserna. En tunn vit duk sänker sig sakta ner över scenen. Det mörknar. Man ser skuggan av Nosferatu som sträcker sina händer mot mannen som i den berömda trappscenen ur filmen Nosferatu. Med en krita skriver Nosferatu ordet slut på duken.*